李家豪（Lewis Liu／飾）初次進入地府，在觀落陰的世界裡，尋找只有死人才知道的真相。

刑警劉奕臻（任容萱／飾）與姚志善（范峻銘／飾），前往死者的住處探查。

宮廟老法師王師傅（太保／飾）當著李家豪的面，將手中的封頂咒燒毀。

決心觀落陰的李家豪，在法師張皓宇（古斌／飾）的指導下，以紅巾矇住雙眼。

精心布置的VR鬼屋，一名紅衣女子端坐在暗室。

疑神疑鬼的鍾田銘（楊志龍／飾）在家中手繪符籙，設壇作法。

偵訊室內，李組長（庹宗華／飾）與劉奕臻共同偵訊李家豪。

意氣風發的李家豪與陳榮賓（陳家逵／飾）前往VR發表會演說。

ACC亞洲執行長艾德興（黃志瑋／飾）終於將李家豪拉下副總一職。

深夜，劉奕臻獨自進入警局資料庫，翻閱陳舊檔案。

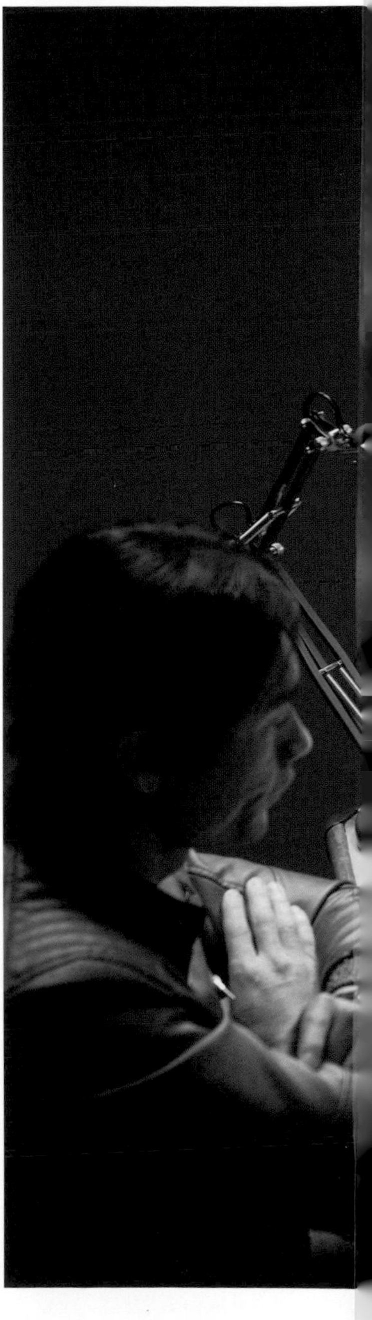

金延欣（朱宥琳／飾）對陳榮賓的懷疑逐漸加深，兩人各懷心事。

二十年前，兩小無猜的李家豪（李至元／飾）與張茜華（陳天仁／飾）。

驚夢49天
DAYS

韓肅肅——著
潘志遠・林秀赫——原創劇本

闇黑之中，隱約傳來誦經聲。

耳際深深淺淺的低聲吟唱《地藏經》：

是命終人，未得受生，在七七日內，念念之間。

原是伸手不見五指的暗室前方，出現一個光點緩慢擴大。這時不知何處傳來的聲波逐漸愈大愈急，四周開始瀰漫一股濃濃的宗教氛圍。與此同時，正前方有道直線的光束，射進空間最深處。

密室鑿出一顆孔洞愈來愈清晰，突然有個滿布血絲的紅眼睛，從細孔向內窺探一名俊美挺拔的男子。

這樣的窺探，日日夜夜不知道持續多久了。

DAY 49

週二下午，ACC創亞高科技電子公司新陞副總Daniel Lee，出乎眾人意料，代表公司簽下一份兩億天價的大單，狠狠打破以往公司前景最被看好的紀錄保持者——現任ACC亞洲執行長Allen Wang。

就在眾人接到消息，議論紛紛的時候，Daniel早已收斂喜悅的心情，開始精心布局下一步。他坐在公司頂層挑高九米的三百六十度環景辦公室，與內部的律師團隊討論第二階段的合約內容。眾人圍坐馬蹄型會議桌，反覆針對相關細節，進行最後的確認。

沒來由的，一名俐落時尚的男子Ben敲開辦公室大門，自顧自的坐下說：

「我宣布今天進度到這裡，大家解散。」一身豔麗西裝的Ben笑嘻嘻的看向今日主角Daniel，興奮地說：「怎麼啦，簽下這筆大單，還不夠？」

Daniel 挑眉瞪著 Ben，露出半分鐘都不想被耽擱的表情。也只有在這個大日子，Ben 才敢挑戰 Daniel。

「怎啦？」Ben 一副無所畏懼的目光。

「好吧，今天先到這。」Daniel 有些不情願的開口，在座的律師看了看彼此，立刻有志一同的收拾筆記資料，紛紛起身走出會議室。

「我剛上來的時候，Allen 碰巧下樓。你也留口飯給人家吃，他好歹也是業務經理出身，去年不是剛升執行長？嘖，聽說這三個月業績還沒破零。」

「廠商信任我，有錯嗎？」

「看看你們兩個，都快把『副總』和『執行長』搞成『業務』了。」

「有錢進來，才好辦事。」

「話也不是這麼說。」

「有何不可？只要能盡快把『副』這個字拿掉，我做什麼都行。」Daniel 冷哼一聲，對「總經理」一職，勢在必得。

「沒問題，李總。」Ben 敬禮。

「倒是你來做什麼？」

「做什麼，慶功啊！」Ben 華麗轉身，抖動全身閃亮的西裝說：「我們也該出發了，今晚去Q飯店，老早為你安排好了。」

Daniel 露出難得一見的笑容說：「多用點心工作，別只懂得帶大家玩。」Ben 強拉著 Daniel 下樓，他可不想讓這個工作狂多待在辦公室一秒。

Ψ

兩人搭 Daniel 的專屬電梯下樓，沒想到電梯居然下降沒兩層就停了。正對電梯門的 Ben 有點驚訝的看著 Allen 直直走進電梯。

Ben 瞥了樓層一眼，再看看 Daniel 表情，立刻機靈的按住開門鍵。

「嗨。」Ben 率先開口打招呼，但 Allen 卻視若無睹的站進電梯一角。

「出去。」Daniel 低聲說。

「不好意思，這是 Daniel 的電梯，請問您是不是走錯了？」Ben 相對友善。

「這兩天電梯維修。」Allen 不情願的回答。

Daniel 聽完，毫不猶豫的按下警急通話鈴交代：「是誰開放我的專屬電梯？我要你們立刻處理。」

Ben 見狀況不對，馬上接著說：「欸啊，現在共乘的人不願離開，我們真的很難下去。你們搞什麼啊，直達電梯能開放給這些閒雜人等嗎？」

終於電梯鈴聲大作，警衛趕到現場將 Allen 請出電梯。

「開放電梯的那個誰，不用來上班了。多麼嚴重的職務疏失啊，我真想告死他。」Ben很清楚Daniel的脾氣，連忙搶話打圓場。

警衛離開後，電梯終於恢復運行。

「欸，好好的心情沒受影響吧？」

「花時間去想那個處處給我做陷阱的傢伙幹嘛。我該想的是ACC下一季新產品要怎麼突破，凡事都得先多想幾步。」

「我的車在B6。」

「去B3，待會我來開，時間浪費得夠多了。」Daniel扶著額頭，莫名心煩。

Ψ

稍後，Ben跟著Daniel來到停車場，才發現Daniel並沒有載自己一程的意思。

「What？你要去驗收？驗收什麼！」

「只是去看一下。」

「大家都等著慶功，我們要慶祝！放鬆一下，你懂不懂？」Ben非常不滿。

「以我的速度繞過去，不用一個小時吧。」

「好好好，就一下，兩下也行。反正你是主角，我就讓大家等你喔，一個小時夠不夠呀？」Ben忽然嬌嗔起來，態度轉變得很快。

Daniel不給肯定回覆，自顧自地發動車子開走。

Ψ

迂迴上坡，黑色賓士S400的頭燈與引擎加速聲，打破了山路上的寧靜。

突然車用電話響起，螢幕顯示陌生來電，沒有猶豫Daniel指尖熟練的按下方向盤接聽鍵，對方的聲音聽起來帶點畏縮和遲疑。

「副總您幾點到？我們的VR鬼屋，已經調整得差不多了。」

「差不多？什麼叫做差不多，做事情有差不多的嗎！」Daniel突如其來的憤怒暴吼，幾乎震破電話另一頭的倒楣鬼的耳膜。

「副總，我……我……是說，我們這邊都已經OK了，大致上……」小職員急於辯解的口氣，觸怒話筒另一端的Daniel，傳來更高分貝的咆哮，讓這倒楣的職員身旁的人紛紛暗自慶幸不是自己打電話給這個聰明、專業，卻極端冷酷、自以為是的傢伙，畢竟接下來的話肯定更難聽了。

「昨天也問我幾點到，今天也問我幾點到，你們這群廢物管我幾點到！一件小事都辦不好，盡搞些破爛東西做什麼。」

「副總，你聽我說……」

「你記住，我們是高科技展，高科技 High-Tech，你他媽的還真以為我們是遊樂園鬼屋啊！」

「副總，不是這樣的。」

Daniel 聽見「副總」二字更是氣，反射性的大罵：「整天只會在那邊裝神弄鬼，昨天指定更新的設備都上了嗎？我要你們把另外的那些，全都換好！」

「是、是、是……全部保證都是 VR、都是最新的尖端技術。」

「你最好能給我保證。」Daniel 一陣無名怒火與不滿的聲調一起拉高，他繼續說著：「我再幾分就到了，昨天那些鬼玩意要是沒撤乾淨，你們就等著看我一把火全燒了。」開車的 Daniel 思緒轉得飛快，把待會預計驗收的層面與內容回想一遍，這是一個 AR 與 VR 的完美結合體，也是他眼下唯一能反敗為勝的構想了，那個噁心、該死的 Allen。

「副總？副總……」

「要是都好了就先離開吧，我不要你們在旁邊干擾我；還有，你們最好祈禱測試成果能夠讓我滿意，聽清楚了嗎？」

Daniel 面無表情切斷通話，順手打了個方向燈。

車子駛下交流道。

Ψ

轉入一個彎道，濃霧倏然湧出撲向擋風玻璃，Daniel 的右腳鬆開了油門，車速逐漸降低，霧中漸緩的車聲，如同被鬼魅咀嚼嚥下肚的聲響。

幾分鐘後，Daniel 將車停在「鬼屋」前。

郊區除了大燈照射的範圍之外，盡是一片黑。

Daniel 透過前窗往外望去，鬼屋前的兩盞橘紅色的燈籠在小雨之中晃蕩，整體有種說不出的詭異，他突然有點後悔讓嘴中那群該死的員工先走一步。

人的第六感有時候很敏銳，但是端看你當下的選擇。

「也只能這樣了。」Daniel 提起勇氣，一邊喃喃自語一邊將車子熄火，前方立即陷入一片死寂。

黑暗中，昏黃的紙燈籠更顯單薄，完全無法發揮任何照明作用。

與此同時，Daniel 的耳邊沒有一絲聲響，四周連個蟲鳴也沒有，讓他心裡不禁又開始咒罵：「這群廢物，就連燈籠也布置得這麼小家子氣。」他火氣一上來，膽量也瞬間恢復原有的水準。

看著眼前這破敗的鬼屋，Daniel 極度不滿，他只要想到一個月前的那次會議，心中就充滿了怒氣與鬥志。Daniel 終於拿起一旁的雨傘，打開車門下車：「真不知道這群飯桶都做了些什麼！」Daniel 留意到鬼屋前面一行 ACC Vision Co. 的字樣，不禁想起上個月的研發會議。

Ψ

陽光下ACC的金色招牌在白牆上意外的醒目。

副總也就是Daniel，手上拿著VR眼鏡在會議室內提出一個全新的構想。他當著眼前所有的工程師說：「我要你們設計、創造出一個能夠親身體驗、身歷其境、讓所有參與者都能感受到前所未有、強烈感官刺激的世界。」

眼神一冽，他再指著技術總監低吼：「而且，必須從他們踏入這個空間的那一剎那開始！這代表除了VR的內容之外，我們必須去設計一個AR場景！令人渴望的場景，最好是讓人神經緊繃的那一種。」

「鬼屋。」Daniel的律師Ben突然插話。

「鬼屋？」Daniel質疑的眼神立刻投向Ben，卻看Ben極度自信咬著鋼筆，很有把握的朝自己點頭，Daniel一時也想不出更好的詞，只好順勢說：「沒錯，一個鬼屋，身歷其境的鬼屋。」

「這麼不科學的東西……」參與會議的所有工程師彼此面面相覷，什麼鬼屋？還要身歷其境？他們直覺這是個神經病的提案，沒有比這更莫名其妙的了；儘管他們都耳聞公司內部高層水火不容的鬥爭，然而無論是Daneil的個性還是時機，都不存在一絲玩笑的可能。畢竟副總Daniel與執行長Allen正在競爭最終上位的機會，這次無疑是場權力遊戲，而且傳言一向踩著團隊屍體往上爬的Allen也早已打通人脈，毫不掩飾自己勝券在握。反觀上次因為開發金額過於龐大且無法立即回收的Daniel，已經將不少大股東惹毛了，本季似乎沒有再輸一次的本錢。

「副總，我們要如何做出讓人渴望的，鬼？」行銷組首次調派來Daniel身邊學習的實習生，終於忍不住發問。

「讓人渴望的鬼？你到底有多蠢，才會提出這種問題。鬼能掙錢嗎？誰讓你們做鬼了，我要你們做的，是一個恐怖指數破表，讓人進入一分鐘就渴望生存，嚇破膽，渴望逃離的虛擬空間！」

Ψ

一陣細雨隨著冷風刺在傘面上，發出細碎的聲響讓Daniel回到現實。

燈籠依然在雨下搖晃，Daniel的瞳孔已經逐漸適應這片黑闇。他大步跨過地上的水窪，沒多久便站在入口處，感應到人類體溫的鬼屋緩緩開啟，左右敞開兩扇古董木門，歡迎這名期待已久的不速之客。

你對鬼屋的概念是什麼？

一口棺材？點著香的靈位？屋子布滿灰塵與蜘蛛絲？散落地上的骷髏？轉角處不經意出現的死屍？或者，陰暗帶著銀白燭光的可怖氣氛？

這間鬼屋設計得不錯，Daniel臉上原本的擔憂，終於換上一抹嘴角的微笑，他按照指示，把金屬手提箱放至擺滿蠟燭的鐵桌上，突然光線一暗，隨之「咔嗒」一聲，詭異的舊聲響層層疊疊，在深夜自動播放。

收音機的綠燈也亮起來。

手邊自動升起 Sensor，AR 的小技巧與必備道具。

「各位朋友晚上好，現在是淩晨的四點三十分，你還醒著嗎？如果你還沒睡的話，那你是不是想體驗一下，一種不一樣的感覺呢？在這深沉的夜晚，我們將帶領你進入一個完全不一樣的世界。」

「Come on……」

Daniel 嘲弄般地哼了聲，這些傢伙這次搞得還蠻像回事的。

他笑著搖搖頭，從前方另一個手提箱中拿出了一個圓弧形的 VR 眼鏡。下一秒他卻皺起眉頭，惡狠狠地瞪著這副 VR 眼鏡，吼道：

「這什麼質感？What the Fuck！」

要拿出手就必須是最好的，任何一點瑕疵都會成為汙點，即使掩蓋得再完美，也會讓人感到一身彆扭和不、舒、服。Daniel 恨透底下這群蠢蛋了，「頂級！我要的是頂級！」

明明他一再強調什麼是頂級，卻還是在這個節骨眼搞出一個像玩具的破爛塑膠殼，這東西實在太低級了，看來明天勢必還有許多要逐項檢討的細節。

「算了，先這樣吧。」他剛抽出手機準備撥號罵人，卻又壓下脾氣，暫時耐住性子，認命戴上新型眼鏡，讓 VR 感應啟動。

眼前立即出現一條綠色的亮光如心電圖般在眼鏡上來回跳動，科技感十足。瞬間 Daniel 的正面也出現了一番截然不同於現實的影像，這是一個類似但丁《神曲》的地獄世界。讓他感到好奇，伸手想要碰觸身邊的無頭生物，然而卻有陣陣窸窣的腳步聲靠近：一群東西的出現，不禁讓他收手。

喪屍！

一群喪屍，扭動著殘缺不齊的軀體，以蒼白可怖的表情步步逼近。Daniel 激動地握緊拳頭，這些屍體的效果做的真不錯！

「Great !」他忘情喊道。根據設計，參觀者必須踩上地毯才能跟著眼前的指示移動來躲避喪屍的追殺。沒想到，當他的目光朝箭頭望去的時候，突然有名女人的身影從一旁房間的紙窗劃過，Daniel 愣了一下。

「這女的又是誰設計的？」

他停住腳步，思忖整個 VR 遊戲的原稿與設計圖，喪屍當中應該不存在任何女性，還是眼前的這個房間隱藏什麼彩蛋，不在他當初的設計之內？

Daniel 百思不得其解，看來是個 bug ？

真有他們的，一定又是那群廢物把他親自監督的遊戲，亂七八遭的，套用到哪一款爛公司的舊程式裡去。時間來不及讓他想明白，就見喪屍又轉回來直撲眼前，Daniel 俐落翻身三兩下就解圍了。可是不遠處房間的鑰匙孔，突然射出一道微弱光線，讓他有些詫異！喪屍呢？喪屍怎麼都不見了。

另外，這是什麼門？

這麼矮小的木門？誰設計的劣質品？憤怒的 Daniel 戴著 VR 眼鏡，蹲下身去探查鑰匙孔，想搞清楚全部的事情，但他透過轉動鑰匙的小孔，只看見這個房間內，竟然端坐一位全身紅衣的女人！

「喔！dump，什麼鬼啊。」

Daniel 啞然失笑，有點傻，自己現在還帶著 VR 呢。他非常疑惑：「這又是什麼？」Daniel 又氣又笑地摘下眼鏡，但眼前依然有個鑰匙孔，並且隱約透露一股微弱的光束。

「不會吧？搞什麼，視覺暫留嗎？也太瞎了。」

Daniel 一臉懷疑的湊上前看，眼睛從鑰匙孔中往內望去，房間內坐著一名紅衣女子，不過在淡淡的煙霧之中，他看不清楚這紅衣女子的容貌。這讓 Daniel 不得不更努力的把左眼拼命湊上前看。

突然有一隻眼睛——血色瞳孔就隔著門板、穿透鑰匙孔與自己對望！

「啊！」Daniel 驚叫失聲。

那女人竟靠過來了！Daniel 直覺想離開鑰匙孔，沒想到額頭和下顎都無法掙脫，彷彿這鑰匙孔已溶入眼球，就是個磁石緊緊的吸住了他的瞳孔。Daniel 眼看著那個女人的五官先慢慢回復變成了一張清楚而且漂亮的臉孔，但這張漂亮臉孔卻又瞬間從正常轉而崩壞，成為一張腐爛、甚至血水肆淌的人面皮！

「喂！喂，誰搞的鬼。」Daniel 感到對方散發出一種真實的魔物氣息，內心的自信開始受到動搖，他逐漸意識到事情好像失控了，沉重的肩膀開始受不明引力拉扯，所有的焦慮和憤怒也全都轉為驚恐，更難以置信的是，下一秒他的身體竟穿透了門板，進到女鬼的房間。

他用盡全力將ＶＲ眼鏡丟向女鬼，沒想到地板整個攤塌，他大叫著向下墜落，背後彷彿是一道無底深淵，慘慘的陰風，極速從他的身際呼嘯而過。

不知過了多久，Daniel 醒來時，發現自己已經躺在賓士車上。他打開手機，發現 Ben 多通未接來電。

Ψ

午夜十二點，一大群公司夥伴圍繞著 Daniel，在飯店包廂狂歡慶功。接到這樣的大單還不願放鬆大肆享受的，也只有 Daniel 了。Daniel 看著眼前的同事們，腦中停不下計畫，自己每多一筆生意，就是對手 Allen 的雙倍損失。想到這裡，他大力甩開身邊穿得跟 Allen 一樣全身勁黑的女子，獨自走到包廂外點菸，意外注意到一個纖細高挑的身影，俐落轉入後方的隱密包廂。他跟了上前，正想開門。

「你，一個人嗎？」後方一名金色髮妝的亮麗女子靠上來搭訕。Daniel 沒有拒絕，他確實喜歡這種細緻豐滿的觸感，想到這，他轉身為她拉開椅座。

Daniel 沒有浪費時間，直接收下女子的邀請。

飯店頂級套房內，Daniel 正全心投入地吻著床上的金髮女伴。女子故作無力，雙眼迷濛地順勢跨到他身上，就是這個角度！Daniel 興奮地低吼一聲。

沒想到女子面容倏然轉換，剛掀起的連身裙也轉成鮮紅色，這是怎麼回事？極致柔軟的彈性觸感不斷皺縮，徹底乾扁成另一個渾身透著寒意的軀體，接著她用她那骷髏般空洞的眼神，攫著 Daniel。

「Fuck！什麼鬼！」

正在興頭上的Daniel無法即時抽離，眼睜睜看著懷中女鬼崩壞，霎那間，她脆裂為一具噁爛的死屍。Daniel忍不住大吼，拚命叫喊著要推開她，可是她一雙乾枯的手，早已深入他的雙臂，以無比的力量箝住他的血肉。巨大的炙熱襲來，整具骷髏簡直要燒了Daniel臂膀的每一寸肌理，企圖與他合而為一。

無以名狀的恐懼，迫使Daniel不斷掙扎。

稍後，他環抱羊毛毯驚醒的瞬間，整個人劇烈顫動了一下，像是靈肉分離般，從床上驚坐起來。

剎那間，他感到一陣錐心刺骨的疼痛。

一臉迷惘的Daniel看向左臂，那個被自己右指緊緊抓住的地方，如同火燒般出現了「49」的數字，他持續喘氣。

這個夢境過於真實，心情一時難以平復。

Ψ

凌晨醒來的Daniel再也無法入睡。別無選擇的起床洗臉，擦乾臉頰的水珠，他恨恨的想，只驗收一次這群廢物布置的鬼屋，就搞得他半夜做惡夢，真的他媽讓人不爽。

DAY 48

凌晨四點四十四分，淒厲的叫聲在偌大的豪宅中迴盪。

Daniel 猛然從床上起身，更痛苦難耐的是手臂一陣如刀刻火燒般的刺痛！他扭曲猙獰的臉，緊捏著自己的左臂，奇怪的是，巨大的疼痛居然在清醒的瞬間，消失了。

空曠的房間裡，心臟急劇收縮的 Daniel 喘著息，茫然看向四周。曾經臥室內熟悉的擺設，如今顯得既疏離又陌生，他自問自答：

「是夢？我是怎麼回來的？」Daniel 戒備地看著，仍被自己右手緊抓住的左前臂。他有些遲疑，緩緩的鬆開了右手。

「這又是什麼？」

手掌抓住的地方，如同烙印一般，出現數字「48」，但是這幾個數字轉眼，又消失不見，彷彿幻化成了一灘血被皮膚吸收，侵入皮下組織成為自己的一部分。Daniel 睜大眼拼命搓著手臂，想知道自己剛才看見的是不是真實世界的東西。

最終，他停下手一臉無助。

豪宅車庫開啟，黑色賓士奔騰而出。Daniel 刻意放大聲量，讓嵌在車前柱的 Burmester 音響，敲出砰碰砰碰的熱鬧節奏。

Ψ

晨光初現，濃霧逐漸散去。

一輛紅色跑車在交流道上極速而完美地滑出雙弧線，不久後抵達嶄新的 ACC 科技大廈，Daniel 前方的玻璃帷幕被照得熠熠生輝，停車場的柵欄升起並發出嗶嗶嗶的警示聲音。

等到後方來車大力鳴著喇叭，Daniel 才回神，趕緊穿過柵欄，停入距離最近的一個車位。

他一直到進了公司會議室，都還在思考昨晚是真實還是夢境。

左臂隱約的痕跡與刺痛，讓人覺得事有蹊蹺。

眉頭深鎖的 Daniel，完全沒意識到自己的沉重表情帶給每個進到會議室的下屬多大的壓力，他們全都感受到不尋常的氣氛，並解釋為風雨欲來的寧靜。大家各自就位，硬著頭皮報告各自負責的部分，卻見副總一反常態的一語不發。

與會的職員面面相覷，不敢相信 Daniel 這種神人也會發呆。尷尬到底時，Daniel 突然沒頭沒尾的吐出一句話：

「所以大家都聽明白了嗎？每一項都要改。但是你們不要以為這是我個人的要求，這對我、對你、對他也許都是最後機會了。」接著 Daniel 語氣一變，再吩咐：「還有，務必在五天之內完成。」

今日 Daniel 口氣異常冷冽，他看著這些工程師，儼然要豪賭一般。這次的孤注一擲，讓過早成功的他，有點心神不寧。以往的零失敗讓他驕傲、也讓他焦慮。雖然別人私下也是這樣的抨擊他，但他從沒在意過，因為他的想法是如此前衛，可是此刻，他卻如同眾人所料，心不在焉使他變得容易猜透。

「Bitch !」他咬牙切齒的喊出聲。

大家交換一個眼神，全都明白副總一定是在心底發誓，絕不能輸給那個一臉 bitch 樣的 Allen。眾人心裡各自有底後，便藉故趕在陰晴不定的 Daniel 再次飆罵前，離開會議現場。

果然不出兩分鐘，會議室陸續傳來 Daniel 野獸一般的咆哮，伴隨而來的是東西的碎裂聲，不知道又有什麼倒楣的東西被砸爛了。

會議結束後的半小時 Ben 才出現。

「嗨，鬼屋進度如何啊？」

Ben 笑瞇瞇地走進副總辦公室，卻見 Daniel 一臉陰鬱理都不理人，只好小心翼翼的問：「怎樣啦，要不要先開放我去參觀？」

「滾，全部給我滾。」

「哦哦！」Ben 朝 Daniel 舉高雙手，一副不敢再輕捻虎鬚的樣子。

Ψ

Daniel 趕走所有人後，一手掃盡桌上的物品，獨自閉上眼，痛苦地陷入沉思，沒多久，地上的手機響起。

Daniel 看螢幕上顯示為 Ben 的來電。

「呦，李副總還在不開心啊，快過來看看我為你安排了什麼？今天一定讓你體驗有前所未有的……」電話那頭傳來的聲音更讓 Daniel 浮躁，真是夠了，他心煩的甩掉手機，眼前可憐的玻璃與手機螢幕同時碎裂。他起身走出辦公室，直接到走廊盡頭搭電梯。電梯一直不來，這讓他想狠狠的踢一下電梯，剛抬腳電梯門就同時開啟了。

「電梯來了？不是應該噹一聲嗎？」這讓 Daniel 更覺得莫名其妙。然而，就在 Daniel 抱怨做什麼都不順的時候，耳際出現了一個類似女子的氣息？

「是誰？」Daniel 轉頭一看，四下無人的辦公室沒有任何動靜。

Daniel 突然蹲低一覽辦公室地板，還是沒有任何發現。

到底怎麼了？

他從來不曾接連夢到同一個人，還是他最不屑的女人，穿什麼紅色衣服，裝神弄鬼的。Daniel 思考的同時，手指滑過下巴，對自己連日的惡夢，充滿厭惡。

DAY 47

下體有一股溫熱包覆的感覺，Daniel 恍惚間睜開眼睛，只見一塊性感紅巾罩住自己的頭部。全身赤裸的他，無比健壯的前臂單手扯下這塊紅色布巾，一名豐滿女子緊閉雙眼、紅唇微張，如此性感的趴在自己身上。

很快的 Daniel 感覺對了，更賣力投入想拿回主控權，意亂情迷之下跟女子四目相對，定睛一看，竟然又是她！

Daniel 瞪大雙眼，張開嘴至極限，喉嚨卻怎麼也發不出聲音。

這時外面傳來急切的腳步聲，緊接著是徒手拍打門板的催促聲，數十下震耳欲聾的敲門聲，彷彿重擊在 Daniel 心臟般強烈。

「Daniel？Daniel！」

耳邊傳來既熟悉又詭異的呼喊，迫使冷汗直流的 Daniel 轉過身，他無助的看向窗外的 Ben 正咧嘴大笑的看著自己。

Ben 裂開的五官逐漸與女鬼重疊！

「不！」他用盡全力大喊，感覺自己一次又一次墜落，奇怪的是，失重的身軀背後，傳來車輛高速連環碰撞，以及陸續急煞的衝擊聲。

強烈的撞擊感，前所未有的真實。

「啊！」

「啊，啊！」

Daniel 冷汗直流的驚醒，痛苦的抱著腦袋坐起，他靜靜看著自己的手、被子、自己的床、自己的房間，果然又是一次惡夢？

「God！Jesus！」他感覺右手握著異物，打開手掌是一支硬實的黑色鋼筆，他感覺左臂有液體流淌。仔細看，是墨水混著因刺傷流出的血液，隱約可辨識血黑色的數字「47」。

他扔掉鋼筆，打開檯燈，一旁手機的黑幕告知有人曾經來電；滑開手機，來自 Ben 的十多通未接來電，另外有一則語音留言。

Daniel 茫然地放下手機，起身往外走去，這時候他需要的是平靜與清醒，他不知道烈酒會不會反而是個最好的解方。

布置豪華的客廳讓他感到不安，Daniel 決定去開車散心。

他進入車庫選了一臺銀色寶馬，看著車牌的瞬間，他還覺得有些頭痛。
沒幾下功夫車子上路，儀表板的車速指針上下轉動，忽快忽慢的，夢中數字為何倒數？49、48、47，這些數字是什麼意思？他煩躁地切掉音響，一個轉彎車子駛入快速道，遠遠消失在車海之中。

Ψ

清晨時分。
當你站在這城市最高樓的觀景臺，從大片玻璃窗的四個角度看過去，會看見臺北四種不同面貌；大樓、民宅、商業中心與政府機關高低錯落，然而多半民宅屋頂的顏色是紅、綠、黑組成的鐵皮參差不齊，彷彿是這半舊不新城市上的補丁。其中有棟方形灰色、用著清水混凝土、鋼材與玻璃組合的大樓，在晨光的照射下發出一抹轉瞬即逝的時尚光芒，這裡是ＡＣＣ集團亞太區總部。
副總辦公室的擺設呈現出主人的品味，舒服的U型沙發、架上一系列的跑車模型、頂級威士忌、桌上限量的Mac電腦，牆上巨幅抽象藝術，還有個四尺半的大型水族箱。梳著油頭的Daniel身穿正式西服，一言不發地站在魚缸前餵魚。
戴著外科專用手套，Daniel放下鑷子，熟練地拔掉蟋蟀的兩隻後腿。
「準備好了嗎？」
Daniel身後傳來律師Ben獨有的、柔性、類似女聲的詢問。

「這種演講，還需要準備什麼。」Daniel 看都不看，沒好氣地回答。相形之下，可憐的蟋蟀仍在 Daniel 指尖奮力掙扎，似乎連這五公克不到的小傢伙也知道自己的命運掌握在誰手上。

「我們可以走了嗎？車在樓下等你呢。時間還有，我看一下，十九分二十四秒。」看著 Daniel 撕開活生生的蟋蟀，Ben 忍不住阻止：「Daniel，別玩了。」

穿著粉紅襯衫、花領帶的 Ben 放下手錶，皺著眉頭走近 Daniel，看著他的動作，水面上盪開幾圈漣漪，又一隻沒了兩條後腿的蟋蟀掉進魚缸。

紅龍優游而過，擺動著亮麗巨鱗游向另一端。

「不是每隻蟋蟀都是牠的菜。」

「噁心，」Ben 嘀咕，「最不喜歡你這點了。」繼續催促 Daniel 前往演講會場。Daniel 終於願意收手，Ben 趕忙撿起 Daniel 脫下的外科手套放在魚缸旁邊，恰巧遮住了那一罐「飼料」。

「不喜歡很好啊。」

Daniel 不懷好意的笑了，離開水族箱前，隨後又轉身補上一幾句：「你看，罐子裡每隻蟋蟀都積極的踩踏同類，沿著牆邊往上爬。」

「唉呀，時間真的不多了，我們快走吧。」

「死命的，以為自己踩在世界的最頂端，殊不知也是離死最近的頂端。」Daniel 的話，讓 Ben 聽了不寒而慄。

「好啦大師，這個我來吧。」Ben 說完，直接走過去提起辦公桌上的公事包，催促 Daniel 快點離開這個病態的空間。

「裡面有 VR，別碰壞了。」Daniel 有些不悅。

「我知道。」

兩人一前一後的離開辦公室，幫浦的水流循環使這隻可憐的蟋蟀在水面無助的漂盪、掙扎，等待死亡無預警的吞噬自己。

Ψ

繁華的臺北信義區，國際會議廳外一張大幅直式海報上，印著專業自信的科技公司代表人物，斗大的標題寫著：

尋找下一個改變人類認知的科技力量

主講人：生性好奇與喜歡追根究柢．科技金融界的新玩家 Dr. Daniel Lee

今日 Daniel 登上可容納五百人座的巨型講堂，高冷的臉部表情展現絕對的完美、專業與自信。甫登場，臺下聽眾便開始鼓掌，Ben 在席間向他比了一個勝利手勢，刺眼的投射燈照得眼前一片光亮。

Daniel 很享受這樣的感覺，這種盛況尤其令他上癮。

「各位先生、各位女士下午好，謝謝各位蒞臨今天的發布會，我要在這裡向大家分享一下我對 VR 的心得。」Daniel 揮手請大家坐下，他左手慣性的摸一下耳麥的位置。很好，一切都在掌控內，他對臺下第一排的金主與大老，露出自信專業的微笑。

「今天是我的日子，高科技的誕生日。」一種志得意滿的心態不由得浮現，他先靜默兩秒，同時環顧臺下，Daniel 習慣這般營造出自己的氣場。

「我將為各位示範，以及說明最新款的 VR，相信大家很快也能跟我有相同的體驗。好，現在請把中央展示櫃上的東西給我。」他示意臺下的工作人員把 VR 眼鏡遞上來。

面對臺下的眾人 Daniel 拿起了 VR 眼鏡，接著正式啟動眼鏡。泛著螢光綠的裝置被 Daniel 捧在手掌上，接著他高舉 VR 對臺下說：

「舉例來說，我們看見的都是真的嗎？以前我們喜歡說眼見為憑，可是今天，科技慢慢取代現實，就像我們現在看見的？這是真的，或者不一定是真的？當現實與幻象的界線愈來愈模糊，又或者說，如果今天有人能夠讓我們不用戴這個」Daniel 晃了一下 VR 眼罩，繼續重複一次：「如果今天有人能夠讓我們不用戴這個，就能讓我們看到未知與未來，這樣夢就等於實現了。你說，人會願意為進入一個夢境、建構一個夢境花多少錢？這就絕對值得我們不計一切投資這項技術。」臺下聽眾彷彿被說服，聽得入神，Ben 也在其中不斷點頭肯定他的演講極具功力，這樣的表現接近滿分。

「這種技術值得我們公司全力支持，畢竟未知將會帶給我們……」眾人專注於演講，絲毫未發覺演講廳的中控室開始不受控制，演講廳後方俗稱「金魚缸」的即席翻譯間內，微微亮起了綠光，燈下一名長髮紅衣女子面無表情地看著臺上演講的 Daniel。而臺上意氣風發的 Daniel 正要完美展示 VR 技術時，突然看見正後方出現了那名紅衣女子，他不自覺的停下演說。注視著即席翻譯間。

Daniel 的思緒瞬間被拉回鬼屋，破碎片段的記憶讓他一時怔住了。

怎麼不說話了？眾人有些意外，不解 Daniel 為何停下演說，起初有些人期待，是不是 Daniel 有什麼特殊安排？

大家紛紛交頭接耳，或是順著他的視線往後看，但後方一無所有。

這不在預期之內的表演引發了一陣騷動，臺下的觀眾隨著 Daniel 的目光轉向後方，但是後方一片黑暗，什麼也沒有。

「快開燈！快！」Daniel 喊道。

然而，紅衣女子隨即消失在黑暗中。

多數聽眾皺著眉頭不解，正交頭接耳時，燈反而突然轉暗了，耍人啊？後面銀幕上的投影片換了一張，不少人不自覺的發出了「喔……」的驚訝聲。

「Daniel！Daniel！」Ben 焦慮、低吼的喊著臺上的 Daniel，這時他才回過神，注意起有點氣急敗壞的 Ben。

「後面！後面！」

Ben 指著他的身後，Daniel 不解的、懷疑的看著臺下的聽眾開始出現負面情緒，紛紛對著 Daniel 背後的東西指指點點，這讓 Daniel 遲疑的轉過身。

「What the Fuck……」Daniel 脫口而出，驚訝的口氣中摻雜了一股憤怒。

投影在銀幕上的是一整面的中英文字卡，黑底白字不帶任何的花俏設計如靈堂告別式一般：

The oldest and strongest emotion of mankind is fear,
and the oldest and strongest kind of fear is fear of the unknown.

人類最古老而強烈的情緒，便是恐懼；
而最古老最強烈的恐懼，便是對未知的恐懼。

Daniel 完全接不上話了。

這類裝神弄鬼的表現令人失望，而且是這麼重要的一次演說。不少聽眾開始鼓譟，對著臺上的「恐懼說」指指點點，有些甚至已耐不住性子離席了，這也讓第一排的ＡＣＣ公司的高層十分震怒。

「Daniel，我認為你應該好好的去休個假，不如，就明天吧。」這是查理離開演講廳，對 Daniel 丟下的最後一句話。

DAY 46

Ben放下指甲剪，看著坐在桌前撥弄著鑰匙的Daniel說：

「不是都準備好了嗎？你到底在幹嘛呀？要不要解釋一下，昨天是什麼情況？」他見Daniel板著臉，絲毫沒有放鬆。

「真見鬼了，是不是？」

Daniel依舊沒有回答，專注轉動著手上的指尖陀輪。Ben見他雙眼遍布駭人的血絲，像發狂過後般冷靜的思考著什麼。

「對了，還有最後那一張，那張投影片又是什麼？你是要嚇唬誰？」Ben的聲音提高八度，帶給Daniel耳膜更大的刺激。

「你知不知道有多少大人物過來？陳董、劉總、林總，都比你跟查理有影響力知不知道啊！」Ben

想到這裡，都為自己的前途頭痛了。

「Ben……」Daniel 疲倦的開口，Ben 依舊滔滔不絕。

「噢，還有外資圈最大的查爾斯。」

「砰！」一聲，Daniel 猛然把陀螺用力擲在桌上。

「我們認識多久了，難道也不肯聽我幾句？」Ben 說完起身，悻悻然走到門口熟練地開門。「你可以像我一樣，養隻狗啊、貓啊，或許脾氣會好點。」離開時 Ben 又回頭唸了幾句。

「不送。」

Ψ

「今晚想去哪？」Ben 的聲音從手機傳來。

「No Sex!」Daniel 反常拒絕 Ben。

「Wow!」Ben 簡直不敢相信自己的耳朵。

「今天只想睡一個好覺。」Daniel 結束通話，他剛洗完澡，打開浴室的半身鏡取出了「百憂解」。

他壓下鋁箔包裝，用威士忌當飲料，一口氣吞下了兩顆藥丸。

Daniel 關上鏡子，再看著鏡中反射的自己，嘆了口氣。鏡子中的自己什麼時候變得這樣的萎靡，又或者狼狽？

昨天，不，不，應該說這幾天實在太匪夷所思了，接二連三的怪事。這時鏡中突然又有個刺眼的紅光閃動一下。

Daniel 憤怒的轉頭四顧張望！

後方卻什麼也沒有，室內寧靜至極。

他看著衣物間上的時鐘，顯示紅色電子字體 00：35。Daniel 鬆了一口氣，順勢瞄了一眼自己剛才洗得乾乾淨淨的左前臂，只不過是一個電子時鐘就嚇成這樣，真是莫名其妙。

「To frighten yourself !」

蹙緊眉心的 Daniel 用雙掌抹了抹臉，伸手關上了浴室燈。按下開關的瞬間，他彷彿又想起了什麼。

桌上的手機還在不斷震動。

Daniel 滑開手機，聽了 Ben 傳來的三通留言：「Daniel，快來啦！」「Daniel，一定要來喔！」「今天在四十四樓！」

Ψ

牆壁上，女子擺動軀體。

Daniel 輕易將她舉起，兩人在招待所的沙發間放肆糾纏，只是女子愈是瘋狂扭動，扣住 Daniel 的臂膀的力道愈緊愈大，當他發現不對勁的時候，女子豔紫色的衣著也開始在特殊的調光下，逐漸泛紅，甚至變成了鮮紅色，簡直就像那個夜夜糾纏他的女人！

逃無可逃的 Daniel，想醒也醒不了，這是他人生第一次希望自己能暈厥！

Daniel 試圖抗拒她，同時腦中閃過幾張陌生人的臉，還有幾場暴力畫面。這是什麼，天殺的這個女人到底是誰？她的指甲甚至完全嵌進他的臂膀，而他無處施力，既抽離不了她的手，更不能不看她。

此刻，彼此緊連交合的下體，甚至讓他感覺到一種噬人的恐懼。

驚叫瞬間，Daniel 四肢彈起，整個人順勢由床上滾落地面，直到肩膀重重撞擊到原木衣櫃的那一刻，他才脫離了妖魅詭譎的夢境。

看著自己鮮紅的指尖，左手被爪痕劃開的皮膚不斷湧出又黑又紅的液體，血？這是我的血嗎？

一片闇紅的黏液底下，隱約可見兩個斜橫的數字「46」，他氣急敗壞，隨手拿起床頭燈砸向映出自己一身狼狽的更衣鏡。

「到底是誰？整天纏著我想幹嘛。」Daniel 打開電腦的搜尋引擎，他必須自救，精神病也好，撞鬼也好，他相信事情總是有辦法解決的。這世界一定有人，能幫助他解決這該死的困擾！

Ψ

玻璃窗映出城市的日景，一列警車陸續穿越市區大道。行人的影子被午間的烈日縮短，又被夕陽的餘暉拉長，夕陽即將落下在兩列高大的建築與建築之間，形成非常奇特的景致。

時間很快來到晚間六點的尖峰時段，Daniel 被困在車陣中。

與此同時，一臺黑色的休旅車高速駛進B3停車場，車上三個人偷偷側錄下停車場內的每臺車，明顯不是在找車位。車上駕駛忽行忽停，吸引了一隻闖入地下室的花貓停下來關注他們的奇怪舉動。

這座地下停車場極其昏暗，電梯間是唯一有大燈的區域。

三十三層的電梯來回反覆的上升又下降，最終陸續停在B5、B4、B3，叮咚一聲電梯門開啟了。一名妝容時髦、背著名牌黑金包的翹臀辣妹走入昏暗的地下停車場，她腳步隨性踩著高筒靴走進一處死角。

「出現了！那邊、那邊。」靜止的休旅車內傳來刻意壓低的男聲；車內三個人不約而同拔下單側耳機，其中一個名為小姚的探子，操作手上的攝影機一路側拍辣妹劉奕臻。

「那邊還有一隻貓耶。」後座的小曾興奮的指著花貓。

「腦子有洞啊，都什麼時候了，妳還有心情叫我看貓？」小姚毫不客氣的出口嘲諷。

「拜託，奕臻姐耶，沒問題啦。」小曾說。

「哼，哼，奕臻沒問題，有問題的是妳！」

「夠了。」坐在駕駛座的大雄一手換檔倒車，一手準轉動方向盤，還得分心阻止後座的兩人伴嘴。

小姚調整一下手上的小 DV，向前爬進副駕駛座，大雄伸手拍了拍小姚的後肩，指著前方說：「人好像都齊了。」

不久，無聲地駛來另一臺白色轎車，緩緩堵死B5電梯前方的出口。

「竟然還有人來支援耶。」小曾指著說。

「組長臨時加派的。」大雄依然直視前方。

「喂，我跟著奕臻姐，其他的妳注意。」小姚轉頭對小曾說完，DV立刻鎖定剛剛那位一大波浪髮型、穿短裙、濃妝豔抹，年約二十多歲的辣妹。辣妹也裝作不經意的看向這臺黑色休旅車。

一旁傳來的口哨聲響，吸引她穿過車輛往裡頭走去。

她甩一頭長髮，不慌不忙的走向聲音來源，就定位後，狀似無聊地用腳後跟踢了踢柱子。辣妹搔首弄姿的走到一輛改裝跑車前，一名中年男子正等著她。

休旅車也在格子內停好，小姚手上的DV持續緊拍著辣妹的一舉一動，大雄看了小姚一眼說：

「你繼續拍，我跟小曾下車。走！」

大雄交代完後，謹慎地跟小曾一起拉開車門，兩人鞋尖一前一後輕觸地面，沒有發出任何聲音。

同時，辣妹也走到跑車後方，把眼前這穿開襟凡賽斯襯衫、嚼著檳榔、東張西望，背著側背包的男子上下打量了一遍。不過，這時男子的目光已不在自己身上，他直盯著附近走往電梯方向的一男一女。

男子呵呵賊笑了兩聲後，轉頭看著眼前這名辣妹。

「一看就知道是去QK的。」

「哦，你怎麼知道？」辣妹反問。

「要是男女朋友就會走在一塊，邊親邊抱，但他們一前一後，就是來happy的，沒準是約炮咧……妳平常有沒有用這個跟人約過？」

蓄著兩撇鼠鬍的中年男子搖搖手機，口沫橫飛到必須擦一下紅通通的嘴邊，好色的兩隻小眼睛賊賊的看著眼前的一雙嫩腿笑說：

「包準腳軟到下不了床。」

「哦，東西呢？」辣妹開門見山的問。

「這裡啦。」男子又張望下辣妹胸前的深溝，才從側背包內拿出一包即溶咖啡遞給她，辣妹熟練的掂一下分量，再搓了下包裝，點了點頭還算滿意。

「大哥，一包而已嗎？」拿到東西後，她也放軟姿態嬌滴滴的開口。

「都在這裡啦！」藥頭盯著她的胸，用力拍拍側背包。

「純嗎？」

「放心啦，掛保證的。」

「不開一包試試。」

「哦，妳要這邊試，那邊試。」起了色心得藥頭，口氣愈來愈不正經。

「嗯……」辣妹馬上笑開了，嬌嗔著說：「再來幾包囉。」

「妳要多少都有，不過……錢呢？」藥頭見眼前的大美女開心，逐漸放鬆警戒，毫不掩飾對她的垂涎，手也開始不規矩的搭上她肩膀。這個漂亮女孩也不閃躲，似笑非笑的看著男子，指了指背包說：

「出一張嘴的男人我可看多了。貨呢？」

「恁娘咧。」

男子豪氣萬千的刷一聲，扯開側背包讓女孩看清楚，女孩瞥見裡面有四、五十包相同包裝的即溶咖啡。

「一樣純？」

「剛都說了，放心啦，錢呢？」男子比了一下數錢的手勢，「妳拿出來我算一下？」

「嗯……」女孩貌似撒嬌的再靠近他一些。

「妳怎麼這麼香？……好啦！好啦！」距離不到三十公分，他見辣妹的眼神中亮著精光，知道不能就這樣呼攏過去。畢竟五十包也不是筆小錢了，想來也有些背景來頭吧。他伸手把咖啡粉包拿出來，隨手放在跑車後背廂上一字排開。

「要一包一包算嗎？」

「是啊。」

「今天就這些，零頭如果不夠，妳讓我爽幾下也行。」

辣妹刻意露出辣腿，心想，這一次絕不能讓他跑了。眼前這男的外號叫做「兩撇仔」，個性與長相都油滑的像隻爛泥裡的泥鰍。她對男子做了一個嫵媚笑容，右手有意的牽著他的臂膀，年輕豐滿的氣息愈靠愈近，讓男子一興奮，說話也帶點急促。

「喔、喔，錢咧？」

「錢？」辣妹眼波流轉輕笑了幾聲，她瞧了瞧藥頭的臉，露出手銬，偽裝成辣妹的劉奕臻大叫道：「要錢，那就跟我回警局領啊。」

「啊？妳！」藥頭想收手，但劉奕臻搶先一步抓人，男子錯愕地看著她，好好的一雙嫩手，瞬間從溫柔鄉變成九齒釘耙。藥頭一見苗頭不對，一邊拉扯，一邊亮刀刺向對方，逼得劉奕臻不得不躲開。未料她一個閃神就被藥頭掙脫了，重重甩開她的手，扭頭就往出口跑。

「嫌疑人逃跑、快追！」辣妹喊人。

「奕臻姐！小心！」埋伏在休旅車內的小姚大喊，顧不得把DV丟一旁衝下車。小姚等人全速上前制伏，才發現停車場另一頭還有兩個等著接應的毒販。

要抓誰啊！

往左往右都不是，小姚直覺來不及趕上逃跑的藥頭了，只能領著大家掉頭，決定先包圍後方的兩名毒販。

唯有劉奕臻毫不認輸，追著藥頭往出口處跑。突然坡道彎進一輛車，緊急煞住，差點一些撞上奕臻。車主Daniel一下車立刻拉住她，劈頭痛罵：「瘋女人，妳是嗑藥嗑到不認路啊，知不知道這樣多危險！」

Daniel見女子根本沒看他，又看她的皮裙幾乎短到遮不住臀部，氣沖沖地再罵：

「妳他媽的臭婊子！神經病。」

這時奕臻才回過神：「你說什麼？」差點被撞的她甩開手，停在車頭前喘息，這才放棄追逐藥頭，雙手托著臉內心百感交集的蹲下。

「還蹲在車道？」

「別管我。」

「真他媽的有病，這樣比在上面跑更危險。喂，妳找死啊！」Daniel 狠狠地踹了她身邊的車輪一腳，再次拉住她手臂，想用暴力把她扯到一旁，卻發現這女人居然有氣力反擊，而且力道遠比想像大得多。

「你是誰？」大雄一夥人趕來支援。

「雄哥別管這個路人，快開車追……」奕臻依然上氣不接下氣。

「你們才誰啊，圍著我車子幹什麼？」Daniel 突然又在奕臻旁邊叫囂，眾人不禁彼此互看是何情況。

「快追啊！」奕臻大喊。

「幹甚麼你說清楚！」Daniel 突然上前想與小姚理論，嚇得已抓住毒販的小姚與小曾分神，兩個毒販也捉住機會擺脫。

毒販之一的阿樂，用右肘全力撞倒小曾，兩人跌倒在地。另一名毒販勇仔，也趁勢甩開小姚，並踩著小曾的肩膀一躍，趕快跑了。

「你們跑哪去！」奕臻想追上去卻被 Daniel 一把拉住！「你幹什麼！放手，給我放手！我是警察。」

劉奕臻一把打掉 Daniel 的手，抓起了毒販裝滿咖啡包的側背袋，捏著自己胸口的項鍊式麥克風回話：「是、組長，嫌犯跑了！正在追捕。」奕臻指揮大雄、小姚他們去抓這個勇仔，要小曾先把阿樂銬在警局休旅車的輪框上，自己則是快步繼續追著跑向出口處的「兩撇仔」。

「學姊小心！」

「別讓那一個跑了！」

「快抓住他！」

這時分不清哪方的吼叫聲與奔跑聲、哀叫聲迴盪在地下停車場。

「What's a fucking day !」

眾人四散。Daniel 看向劉奕臻跑遠的背影，不知道該怎麼面對眼前的殘局。他搖搖頭，回想幾天以來就沒碰過一件好事，自己也不知道是被衰神還是衰鬼纏上了他。上車發動引擎離開停車場，紅色GT3的呼嘯聲由大而小的消失在彎道。直到一切平靜後，花貓才悄悄從車底探出頭，喵一聲又鑽進了黑暗。

DAY 45

小鎮邊上，山坳一間老舊平房的屋頂，厚實的苔蘚減緩了大雨的聲勢，雨中狗螺聲由遠而近的呼喊，哀鳴著牠們的所見所聞。

平房門外堆滿雜物，信箱內塞滿了各類郵件。一張張「催繳通知單」折壓在郵箱的開口，露出的部分因日曬雨淋而褪去大部分的色彩，成了一疊斑駁骯髒的硬紙糊。

平房主人阿銘，腦杓綁著髮髻、滿臉鬍子，在客廳內陡然睜開雙眼。不是這組破爛沙發讓他不舒服的醒來，而是一股奇特的味道讓他驚醒。這是黃裱紙焚燒後的那種氣味。他起身尋找味道的來源。

阿銘感覺到一陣風勢，轉頭看向背後的大八仙桌，只見桌上放著各式法術用品、數百款符咒與黑令旗，那一大片猩紅、寫滿符令的廳堂，在微火燭光下透露出詭異的氛圍。

「這……」

他不敢相信的走近八仙桌前，桌上有著一張冒著煙、90%已經化為黑炭的黃裱紙。

阿銘捏起了紙灰查看，無火自燃？還是？黃裱紙殘餘的邊緣有著一抹硃砂紅，這是張符，他仔細端詳這些殘灰。

一陣陰風吹進，只見窗戶上的符咒微微擺動。

燭火倏明倏暗，阿銘轉頭往外看去，一個紅影忽然飄過窗前！阿銘陰鷙不語，伸手緩緩摸向八仙桌旁，握住那把已顯斑駁的鐵劍。

隨著沉濁的呼吸聲，燭火彷彿感應到什麼一般地明暗跳動。

又一陣風，很輕很輕但是阿銘感覺到了，有股反常的氣息蟄伏在房間裡，右額忽一亮，右方窗簾無風自然掀開，外頭是無限死寂的黑。

阿銘吞了口口水注視著窗外。

Ψ

凌晨Daniel獨自坐在夜店喝著悶酒，高大俊帥的外型吸引不少面貌姣好的女子靠近。

「怎麼啦？從沒看你來這裡喝悶酒。」酒保有些好奇。

Daniel喝下最後一口馬丁尼，單純的馬丁尼。他沒有答話。

「還想喝點什麼？」酒保問。

Daniel將空杯遞向前。

「再一杯？多喝點，才能體會美酒比美女更解悶。」酒保打趣說。

「今天不能醉。」

「哦？豪哥待會有約？」酒保沒看過這樣失意的Daniel，他收起平日工作的標準笑容為Daniel準備上酒後，他不動聲色的繼續擦著高腳杯，心裡卻暗自期待等會能見到那位困擾Daniel的人。

Daniel看了看時間，凌晨一點五十，他告訴酒保：「我今天在這到通宵。」

「Daniel，今天怎不開個包廂玩？」公關小乖過來打招呼。

「好好招待！」小乖特別吩咐酒保。

「不必了，再多加點冰塊。」Daniel對酒保說。

「這位子有人嗎？」又一個主動搭訕的女子靠上來。

Daniel轉過頭正想拒絕，卻見對方一身紅色的連身窄裙，突然激動得破口大罵。他將酒杯砸向光潔的檯面，仿大理石的霧面玻璃被狠狠刮出一道痕跡，再指著紅衣辣妹，連番飆出一串髒話，要她滾愈遠愈好。

「Daniel！冷靜點！」

Ben不知道從哪衝出來，跟著酒保一起架住發狂的Daniel。而同為酒客的豔紅女子則被Daniel的反應嚇得花容失色，癱軟倒在吧檯椅旁的地板，表情簡直比哭還難看。

時間彷彿在這一刻停止。

Ψ

空盪盪的包廂內，Daniel 突然顫抖地痛苦驚醒，手臂上浮現像蜈蚣一般的字跡「45」，已經是第五晚做惡夢了，夢裡還是那名紅衣女。

恐懼縈繞心頭，也讓 Daniel 對剛才的事完全沒有記憶了。這時候，Ben 開門探頭看向 Daniel。

「Daniel，你還好嗎？我們在外面全都聽到你的吼聲，嚇死人了！」

「我怎麼會在這？」Daniel 再回想，「我斷片了。」

「你醉得厲害，罵完小女生，就在吧檯前暈過去。」

「是你扶我進來的？」

「是小董，那個酒保，他和小乖兩人一起。」

「那個女人有沒有進來？」

「誰？女人？沒有啊，沒有任何女人吧。」Ben 雙手護住胸口。

「我說那個女人，穿紅衣服的那個！」

「你們認識啊，交往過嗎？我們都在想，你無緣無故在酒吧發這麼大的脾氣是為什麼。原來是有過姻緣啊。」

「Damn it！我他媽的不認識她。」

「那她到底是誰？」

「所以我才問你啊！」

Daniel 覺得說不清楚，起身走到化妝間想塗掉手臂的數字，卻發現這個傷口極深，模糊的血肉甚至開始散發惡臭。

「你怎麼受傷了？哎呦，已經感染了吧。」Ben 跟在 Daniel 身邊，看他不斷在洗手台前搓著傷口。

「不關你的事，滾開。」Daniel 撞開 Ben，頭也不回的走出包廂。

DAY 44

夜間的警局彷彿一幕幕的浮世繪，醉酒的、鬥毆的、車禍意外的、被搶的，林林總總的事件讓警局得不到一分鐘的平靜。相較之下，偌大的組長室擺了幾個盆景增添綠意，偵查組的李組長正拿著斜口鉗耐心挑著側枝與頂芽修剪，順著細葉形狀將盆栽修飾得更富禪意。

小姚一手夾著檔案推門走進組長室，敲門聲、腳步聲、報告聲一氣呵成，進辦公室的小姚知道組長不喜歡拖泥帶水。

「喀擦」一截小枝幹應聲落下，被小鑷子輕輕夾起扔到一旁，盆景下的枯山水已容不下這「龐然大物」的破壞了。

「組長，我們只抓到一個，另一個跑了。」小姚一邊報告一邊打量組長的反應，但組長沒有回答，也未停下手上的動作。

「抱歉，組長。」小姚表示歉意。

「現在誰在偵訊？」組長放下斜口鉗，換上另一把開枝剪。

「奕臻學姐還在問話。」小姚看一眼報告，再抬頭回答組長：「有一陣子了。」

「嗯。這五葉松啊，這個轉折處似乎還要修剪一下。」組長手上的剪刀對準了那個細小枝芽，動刀前他卻遲疑下來，「大師曾說過，做人做事千萬別過猶不及，凡事都要考慮清楚。」他停下手。盆栽與刑案在組長腦中、眼中來回替換，兩者都需要心細。

「奕臻進去多久了？」

「九點十分了，差不多三、四十分鐘吧！」

「問到什麼沒有？」

「我也不知道，學姊還沒出來。」

「哦，這樣啊，那傢伙有前科嗎？」李組長又問。

小姚翻閱檔案，手指沿著第三頁內容向下，停頓一秒後回答：「有，這傢伙販毒，詐騙，還有性侵前科。」

組長聽了，像是被針戳到一樣地激烈反應。他臉色大變，又氣又急的命令小姚說：「幹！快跟我來。」

愣在一旁的小姚眼看組長丟下開枝剪拔腿就往外衝，不鏽鋼的剪刀這一下搖晃，只見幾根松針飄落，打破「枯山水」一池靜謐。

「組長？組長！」小姚見長官頭也不回的跑去，自己只好趕緊放下手邊資料，不明所以的跟了出去。

兩人一路跑過長廊，來到偵訊室。

一拉開塞滿隔音棉的偵訊室大門，室內撞擊的聲音與哀嚎聲遠遠傳了出去，警局大廳那幾位酒醉魯三小的、互嗆不停嘴的、互推肇事責任的，國臺語夾雜的噪音瞬間都停了下來，大家或是懷疑、或是擔心的互相看著，夜晚的警局也難得有了那麼幾秒鐘的平靜。

小姚和幾名員警，同組長驚見劉奕臻抓住毒販的頭往桌上敲，由於力道過猛，連她的手肘都撞到受傷。小姚等人連忙將劉奕臻拉開，劉奕臻模樣瘋狂，十分反常的帶著一股狠勁，像非把對方打死不可。

「救命啊！救人啊！警察打人啊！」鼻青臉腫的毒販嚇壞了，一面扶著流血的鼻子一面歇斯底里的喊著。

組長一個箭步，上前拉住了劉奕臻。

「奕臻，住手！劉奕臻叫妳住手，妳在幹嘛！這是命令！」組長拿出手銬，想反扣奕臻的手，卻被她借力使力的扯開。情急之下，組長命令大家：「一起上，先把她帶出去！」

「學妹別這樣，會被投訴的。」小姚與幾名警員想聯手擋下劉奕臻。

「警察打人啊……警察……警察……打……人啊……」

「劉奕臻！別鬧了！」組長大吼，聲音又氣又急，更多的是無可奈何。

眾人終於成功拉開了劉奕臻，順勢帶她離開偵訊室。

「你們放開、放開我。」被架走的奕臻恨恨地說。偵訊室外她仍氣急敗壞的吼著，引來局裡眾人的側目。

「打人啊，瘋查某！」嫌犯持續鬼吼鬼叫。

「嘴巴不乾淨的是怎樣？欠人揍啊！」小姚瞪了嫌犯一眼，見他額頭上大大的腫包，眼窩淤青，鼻子也被打歪，這種不成人形的樣子，才是衣冠禽獸該有的樣貌吧，忍不住白了毒販一眼。

「看三小，恁爸一定要投訴！瘋查某！幹恁娘咧！」

「這麼多廢話，活膩了啊。」組長伸手往毒販後腦杓呼了一巴掌。

「砰！」的一聲，組長大手一甩，把偵訊室的門闔上。

Ψ

同一時間，憤怒的Daniel也「砰！」一聲把鬧鐘往牆上摔，情緒接近崩潰的他，又看見那名該死的紅色女人從鏡子中閃過。下一秒，他轉頭望向地上碎裂的鬧鐘，螢幕仍隱約反射出幾個數字。

Daniel再看身邊什麼都沒有，手臂的數字不知何時，從45變成44了。他走入浴室，光著上半身吞下了幾顆藥。他看著鏡中的自己，沒想到眼睛不知為何充滿血色，一道血水從眼眶流下。

他緊張的走出浴室，仔細看地上壞掉的鬧鐘，依然停在04：44。

「該死的44！為什麼！」

Ψ

劉奕臻離開警局，她仍是前一晚的夜店打扮。

在路上，迎面而來小女孩牽著爸爸的手上學，劉奕臻與小女孩錯身而過。

小女孩回頭望著劉奕臻：「姊姊穿得好辣喔！」

那名爸爸也好奇回頭，原來是Allen。

DAY 43

茶杯裡已經不是濃茶、不是咖啡，而是號稱人喝下去可以衝上一〇一大樓、開車飆到時速三百，瞬間力量爆發的超商機能飲料，不過組長不喜歡鐵罐包裝帶來的冰冷感，他習慣倒進日式陶杯內慢慢地啜飲。

「來來，別熬夜了。」他端著茶杯走進偵訊室，看毒販阿樂垂頭喪氣的坐在椅子上，再看滿臉鬍子、穿著頗為另類的畫像師阿銘把手上的素描完成。

「組長，他就是溜掉的傢伙『兩撇仔』。」小姚謹慎的把圖遞給組長。

「小姚，不是我在說你。你都拿ＤＶ去了，還拍不到嫌疑人的臉。幸好有阿銘老師幫忙。」組長放下茶杯，拿著剛製作完成的人像圖，豪不猶豫的對著那個趴在桌上、不知道是睡著，還是犯了毒癮的渾蛋踢上一腳。

「起來！」

「三小啦？」這小傢伙一臉死樣。

「看看，你們的藥頭『兩撇仔』是不是長這樣子？」組長把手上的畫像轉到前科累累的阿樂面前，卻看他縮在桌椅上默不吭聲，一副愛理不理的跩樣。

「還不說，」組長無預警的爆怒，從嘴裡迸出「混帳傢伙。」瞬間踹翻阿樂身邊的辦公桌。「我警告你，動作最好快一點，實話實說啊。」組長冷冷看著阿樂。阿樂感覺這組長比那女警更難纏，他終於抬起頭，黝黑高聳的顴骨下，雙頰因為長年吸食毒品而凹陷。

組長把畫板連同素描擺到年輕的阿樂面前，原本阿樂不正眼瞧，只是隨便看了一眼。不過又馬上轉回頭。

「嘩！畫得跟真的一樣！」阿樂要死不死的表情轉為驚訝。

「這張有像嗎？」組長仍懷疑。

「像，有像。」阿樂再偷瞧組長和畫像師一眼，喏喏開口。

「那你最好趁早把他的去處供出來。不然，請老師也幫你畫一張遺照吊在殯儀館。」組長用力敲了鐵櫃一下。阿樂縮了縮脖子。

「你們兩個，把他關回去。」組長揮手示意把人帶走，兩個警員上前把毒販押下去。

「起來。這邊，走！」小姚讓阿樂自己走到拘留室。

組長一轉身就拉過椅子，坐到了正在整理畫具的阿銘身邊，這時阿銘差不多收拾好紙筆起身，準備離開辦公室。

「阿銘，你來這邊畫圖也有二十年了吧？」組長攔下畫像師，阿銘看著組長面無表情的點點頭。

「我上次跟你提的事情，考慮得怎麼樣了？」組長手握茶杯看著沉默的阿銘。阿銘搖搖手表示不想談，把畫具、畫本放進自己的畫箱中起身。

「好啦，那件事改天說吧……我這幾天要起一個會，很簡單的互助會，你要跟嗎？」組長轉個話題。阿銘還是搖搖頭。

「急著走？要不一起吃個飯吧。」阿銘仍舊沒有答應，拿起作畫工具，頭也不回的走了。後方，只剩組長一個人若有所思地看著他的背影。

Ψ

Wall Street 三角地上那隻銅牛的睪丸在眾多撫摸之後閃爍著金光，「華爾街金童」、「華爾街之狼」對身為華裔高帥富的 Daniel 而言，SEX 是必需品，是放鬆的手段，更是陽光、空氣和水都無法取代的本能。

經過這幾天的壓抑，他需要一次徹徹底底的放縱。

夜店門口就是一種階級意識的表徵，排隊與不排隊凸顯了等級，可以隨意進出、任意把妹的男人更是排隊者的公敵。

Daniel 欣賞這種仇富的眼光、樂此不疲。

今晚他遇見的女人叫茱蒂，曖昧的過程很套路，從舞池互動、眼神、包廂、香檳，最後一起離開，互相心照不宣的調情。

在這裡，誰不知道彼此的供需。

「Daniel ？」趁著茱蒂自得意滿，並享受這勝利的微醺時刻，夜店經理也是帥哥的小乖，對 Daniel 打了個招呼，Daniel 則使了個眼色，眼角餘光撇過獨坐吧檯的那名單身女子。

只要一秒鐘，他就看透了這個女子，估計她正在等些什麼，而自己又剛好可以滿足她的渴望和需求。一個口哨聲讓 Daniel 轉過頭，只見小乖對他秀出跑車鑰匙，Daniel 點了頭，再次證實，把另一把車鑰匙放在小乖這邊是對的。

夜店門口的泊車小弟快步往前取車，能把車泊在夜店門口的人都不是簡單的角色，這裡的車絕對是千萬的名車。茱蒂的下巴微微抬起，女王氣勢再次秒殺一堆著排隊等進場的女孩。

「會開車嗎？」Daniel 低聲問道，他知道如何適時給茱蒂一個炫耀的機會。

「當然。」茱蒂看著眼前停下的保時捷 GT3，虛榮心已經讓她飄飄然，昨天她還站在外面抱團取暖，現在的她睥睨群雌。

「先去轉角的便利商店等我，我進去和一位基金經理人打個招呼，很快就過去找妳。You are perfect。」

正巧雨滴開始落下，聚集在夜店霓虹燈下跳著不整齊的踢踏舞。

「下雨了，先過去吧。」

「等你。」

茱蒂過短的裙襬要進入車身過低的跑車自然是一番小小的折騰，但無損於眾人羨慕忌妒恨的眼光。何況門口許多正等待入場的女孩，都紛紛看向她。

小弟貼心的拿起雨傘幫 Daniel 遮雨，護衛著他走回夜店，閉合的大門再次引來排隊眾人一串的抱怨與嘀咕聲，畢竟站在門外淋雨與進去享樂都在於這扇門的恩准與否。

「傻子才排隊。」Daniel 塞給了小弟私費。

Ψ

夜店上方五十一層的 VIP 包廂，除了價高、私密之外，更是專為熱情、迫不急待的男女提供一個短暫的發洩空間。

Daniel 邊整理衣服邊走進電梯，一聲手機的提示鈴響。

「車停在B3，茱蒂人在 W-1922 房，房費我幫你買了。/小乖」Daniel 關上手機、對著電梯內的鏡子看了看自己的臉，伸手抹掉了臉頰上沒擦乾淨的口紅印，這女孩的口紅跟她的饑渴是一樣的黏。

Daniel抬頭看著電梯上方的顯示數字，從51、50、49、48、47……一路往下，這時他才驚覺有異。

「Daniel。」

一個女子出聲輕喚他的名字，這是夢魘的聲音，Daniel就算化成灰也認得，他轉身看見紅衣女瞬間化為骷髏，消失在電梯右側的角落，只留下他被困在失速的電梯裡，從高處快速往下，隨著金屬巨大刺耳的摩擦聲，墮入無盡漆黑的深淵。

「啊！啊啊啊啊啊！」Daniel無比淒厲的尖叫聲。

電梯「哐噹」一聲觸底，門在地下B7緩緩打開，一個蒙著口罩的清潔人員，疑惑地直視Daniel。

趴在地上，一身冷汗的Daniel不自覺的翻了身，右手摸了一下左手臂。灼燒的刺痛感依稀傳來，狹小的空間內甚至瀰漫一股燒焦味，視覺的距離感忽遠忽近，他居然站不起來，分不清楚現在，到底是夢境還是真實。

終於他抬起左手，看見手臂上倒數的數字「43」。

「Shit! Shit! Shit! Shit!」Daniel咬牙切齒大喊，痛恨地徒手拍打地面，整個電梯晃動起來。

DAY 42

再一次的宣洩。

這是這兩天的不爽加上今晚電梯內怒氣的總結。Daniel 比以往更用力、更野蠻的加速，茱蒂享受著前所未有的撞擊，歡愉的甩動巨乳與長髮，帶著點瘋狂的一聲高過一聲騎在這名壯漢身上。

「躺著。」大汗淋漓的 Daniel 準備把茱蒂翻身。

突然一股強大的刺激電流、那種可怕的炙熱讓他的手臂一陣麻木，Daniel 驚愕的看著自己左前臂的肌肉不正常地凹陷、跳動，彷彿有著一隻手正在掐著、捏著這一塊！

「F…」咽喉也被掐住了，紅衣女子透過茱帝的瞳孔冷眼看著 Daniel。他一頭沸騰的汗水極速冷卻，但是手臂上的灼燒感卻是愈來愈強，只見自己的左前臂浮現了數字「42」！

「Fuck !」被扼住的喉嚨終於能蹦出聲音，Daniel 發出鬼壓床後的怒吼，一身是汗的從床上猛然坐起、呼吸粗重的看著四周。

「你怎麼了？」茱蒂從夢裡，迷迷糊糊地轉過身問。

全身赤裸的 Daniel 反射性起身打開床頭燈，確認自己仍在酒店的房間內，他痛苦的嚥下幾口氣，逐漸平穩激動的情緒。

「怎麼回事？」茱蒂仍睜不開眼。

「沒事，睡妳的覺。」

「鬧鐘關掉好不好，吵死了。」

茱蒂用力拉上被子、帶睡意口齒不清的咕噥了幾句，高潮後的疲累讓她只想好好的睡個覺。

Daniel 拿起飯店的數字時鐘，上面顯示著04：44。昨晚的電梯仍讓他心有餘悸，沒想到剛過十二點，隔天的時間就追來了。

「又是這該死的倒數。」數字鬧鐘隨著撞擊聲摔落在地，Daniel 的怒氣卻得不到一絲平復。他懷疑的再次看看自己的左前臂。Daniel 嘆口氣的躺了下來，眼睛睜大的看著房頂上方的玻璃中反射的自己，奇怪的是數字不見了。

「究竟是怎麼一回事？」

腦海中各種回憶交雜，這整件事情最最初是從……那個 VR 鬼屋。想到這裡，Daniel 起身下床穿上衣服、拿起了手機與車鑰匙推門離開。沒留意到，這時暗紅色的42血字，不知被誰抹在浴室鏡面上不斷滴落。

分針「噠」一聲跳了一下，現在是清晨六點整。

外頭的光線透過一方毛玻璃濛濛的照在屋內，老舊牆上的塗鴉裝飾、可愛造型的一些小玩意與各種陳舊的布玩偶，顯然是一名小女孩的房間。

八歲的她早已經穿好制服、背好書包，躲在床上看著時鐘一秒一秒的動作。門口「喀喀」聲響起，有人正轉動著門把！

「妹妹？」

外面一個口齒不清的聲音傳來，小女孩驚懼的縮到床邊最角落，門把轉動的力量慢慢加大。

「妹妹啊……開門。」

在床角的小女孩死命抱著書包，把臉埋了進去，整個人縮成了一團。

「奕臻？醒醒奕臻。」

靠在警局沙發上休息的劉奕臻張開眼，組長正站在眼前，關心地問：「怎麼了？做惡夢了？」

「沒有。」劉奕臻連忙坐直。她往辦公室內看過去，只見四周一片靜悄悄，看起來下半夜沒有什麼大案子。

「妳喔，唉，剩下的我們來處理吧，妳先回去。」組長摸摸鼻子，端起茶杯後站起了身，看得出他也是一晚沒睡。

「我？」

「回去吧，天都亮了，騎車小心點。」組長走進自己辦公室前，又再叮嚀最後一次。

劉奕臻往後看，清晨的陽光照進了偵查組。她起身，迎向陽光，下意識地搓了搓手，忽然皺起眉頭看著手指關節上的破皮和凝結血塊，只好緩慢手部的動作再次伸展。

Ψ

城市的龐大車流等著紅綠燈的指示。戴口罩、疲憊的劉奕臻看著眼前這一長串花花綠綠、不見頭尾的安全帽大軍。

這是一棟集合式公寓，整齊劃一的大門、若干門口堆滿凌亂雜物，劉奕臻提著安全帽面無表情地穿過走廊，走向自己承租的小小一間套房。

進門後，將大門防盜鏈再三地拉扯確認，轉身警戒的環顧著房間，打開浴室燈開關往內看去，再轉過身也把目光投射在這十多坪大的空間之內。

一切看起來都沒問題，她放心的脫下外套走入浴室。

浴室裡傳來沖水的聲音。

劉奕臻在浴室裡仔細的清理身體，看著手上毆打嫌犯造成的破皮傷口，奕臻拿起旁邊架上的牙刷專心的刷起自己的指甲縫。

浴室內沖水的聲音掩蓋住電話聲響，室內電話轉進了語音信箱。一旁傳真機也亮起燈號，一張傳真紙緩緩流出。

「請在嗶聲之後留言。」小姚焦急的語氣傳來。

「學姊，停車場抓人的錄影記憶卡有沒有在妳那邊？我這邊都找不到，等下就要移送了，拜託回我一個電話，拜託。」小姚繼續哀求，看起來把所有希望都寄託在劉奕臻的身上了。

關上蓮蓬頭的劉奕臻看著手上關節處的破皮，她皺著眉，用手剝動著那一小塊緊黏著母體、不願掉落的皮膚。

手上貼著OK繃的劉奕臻，還在用牙刷刷著自己的手指，浴室鏡子中反射出她專注的神情。

Ψ

Daniel拿著手機一再撥出Ben和其他同事的號碼。

「人都死光了嗎？」開車的Daniel轉頭，不爽的看著持續鈴響的電話，這已經是他打的第N通電話了，某個倒楣的職員終於願意接起電話。

「喂？」睡意十足的問候。

「我是Daniel。」

「喔。」對方語氣平淡，看起來自己在公司已經沒有任何地位了。

「我問你，VR鬼屋驗收得如何？」

「副總，我們這邊不必跟進，VR設備Allen都讓人拆走了，說是上面吩咐的。」

「這麼重要的事，為什麼我不知道。」

「上頭說，科技最忌諱的就是迷信，不必搞什麼鬼屋發表，如果時限內想不出更好的替代方案，就以Allen的提案為核心提案。」

「憑什麼？等等，為什麼查理知道我的提案！」

「因為Allen他說……」

「不要再跟我提到那個名字！算了，鬼屋呢？鬼屋現在在哪兒？」

「鬼屋還沒拆掉……在……」

「知道了。」Daniel切斷電話後打著方向盤、右腳猛踩油門，車子加速的轉進了山路，也衝進了隧道之中。

Ψ

幾天的雨勢讓拆光高科技設備的鬼屋更顯著陰冷，一灘灘的水漥在手電筒的照明之下反射著一絲詭異的藍光，Daniel緊握手中微弱的光線，小心翼翼地走進了一個空房間。

厚重的水滴，「波」一聲打破了這片死寂。

手電筒的光在見到女鬼之前的VR房間內來回掃動，但裡面一片空蕩，破爛的現場陳設中有種說不出的真實——更像他們所模仿的鬼屋。Daniel踩到一個發出清脆聲音的東西，停下腳步低著頭，想確定剛才踩碎的只是一片屋瓦或是什麼？探照手電筒持續往內照去，Daniel小心翼翼的挪動著自己的腳步。幾次抬頭張望，只想趕快找到自己要的答案。他看向四周，這個拐角之後應該就是當初看見那個紅衣女子的房間了。

「應該就是這個房間。」他打量著眼前這兩扇門，左手輕輕地推著門扇。

咿呀了一聲，兩扇門被推開。

Daniel拿著手電筒往內照去，房間角落隱約有著一組被厚厚灰塵覆蓋的明清樣式的梳妝台，下面一把梳妝椅，旁邊一個搪瓷做的洗臉盆，此外就是滿地的垃圾、菸頭與白色塑膠杯了。

「咻」一陣風雨打進房間。

地上的塑膠杯與垃圾隨著風旋轉滾動，Daniel不想驚動任何事物，緩緩地往外退。突然一個脖子套著繩索、身穿紅衣的女子從上方朝他盪下，Daniel驚恐大叫，已退到房間外的他卻見上方倒掛紅衣女人還在靠近自己，甚至親暱的伸出長舌尖要親吻他！

Daniel情急之下，出拳猛揍眼前的頭顱。

晃了半天，吊在半空的紅衣女人沒有進一步的動作，Daniel手電筒往前照去，原來這只是一個穿著破爛紅衣的假人，假人那遮住半邊臉的雜亂假髮與不變的微笑，猙獰地瞧著臉色發白的Daniel。

DAY 41

嚴重腐爛的木桌上，一個收音機亮起綠燈，傳出聽不清楚的沙沙聲。

Daniel 看著左右四周，周遭的一切似乎在告知自己似乎即將大難臨頭，強烈的窒息感讓他喘不過氣。猛然抬頭，正上方那名紅衣女子，正用無眼珠的眼洞盯著他！

這次女子的臉孔逐漸剝落，像爛泥一塊塊掉下，突然張大嘴的死屍再次朝他撲來，眾屍如蜘蛛般倒立抱著他，伸出長舌頭吸吮他的下體！Daniel 大叫，慌亂伸手按下床頭燈，這時候自己需要的是一片光亮！眼前寬敞明亮的房間讓自己得以喘息。他驚駭的看著四周，沒有任何人。他拿起了一旁的手機看著時間，又是凌晨 04：44。

「啊，Fuck！」

Daniel 雙手捉著自己的頭髮，看數字還在倒數，41？是要倒數到 0 嗎？41是什麼意思？他終於開始思考數字的意義。

「還剩多少天嗎？」

Ψ

潮濕的霧氣如鬼魅盤旋在山谷之中，變換的陣雨時興時歇，嘩啦啦的雨聲敲打屋簷。平房內燭光依舊昏黃，新寫的符咒映得窗上赤紅一片，隨風飄搖。

「南無 喝那怛囉 哆囉夜耶……」香爐上束香的煙在屋內四散，手持珠串、三觀於心的阿銘，坐在八仙桌前的蒲團上低頭唸著大悲咒。

呼呼的一陣聲響捲過窗上的符咒，中堂內神明桌上的對燭倏然熄滅。阿銘停下手邊的動作，睜開眼觀察著四周，除了風聲、雨落聲之外，四下依舊一片寂靜。

「不對。」

一個細微聲響慢慢地靠近窗戶，那是……腳步聲？

阿銘握緊珠串，起身走到窗戶旁邊往外張望，赫然一個濕透的紅衣女子站在圍牆外看著裡面！他轉身抄起了八仙桌上的桃木劍與黑令旗推門衝出。

一陣大雨當頭，阿銘抬起手遮住自己額頭，瞇著眼往四周看過去，卻已經不見那女子身影！他再仔細看著四周，確實沒有任何人影，不由得怔住了。

「哈哈哈。」阿銘突然狂放大笑，笑得淒厲、發狂，最終他雙腿一軟的跪在泥地中喘息，一口一口喘著大氣。

「什麼鬼，出來！」阿銘走入雨中，用愈加嘶啞的聲音吼著，一陣漸大的雨聲回應了他的召喚。

DAY 40

這座城市的夜景不因夜深而減少絢爛，反而更加綺麗。
濃霧降臨這座城市，遮住了連街犬都覺得刺眼的陽光，霧裡 Daniel 看向四周，每一步都是不確定。
他伸出手試圖撥開霧，防衛著一切可能。
人的直覺會給你指引，告訴你危險可能來臨的方向，但往往緩不濟急。Daniel 感應到了什麼，他猛然的往後轉看向霧中。
轉身的大動作讓霧一下飄散，紅衣女子與自己只有一個鼻尖的距離！
「啊！」慘叫聲讓浴室中的女孩探出身來，她頭髮還帶著泡泡，一臉錯愕的看著從床上坐起、驚魂未定的 Daniel。
「發生什麼事？」

「妳為什麼這麼晚洗澡！」Daniel 朝她咆哮後，努力讓喘息不這麼明顯，他不想再讓自己失態，又補上一句：「我被妳吵醒了！」

「我那個來了。」女孩也問他：「你做夢了嗎？要不要先寫下來。」

「寫？寫什麼？」Daniel 反問並疑惑的看著女孩，這個建議沒頭沒腦的。

「你手上不是拿著筆嗎？」這下輪到女孩困惑了。

Daniel 確實看見自己右手上正拿著一隻黑色簽字筆，他嚇了一跳，立刻把黑色簽字筆扔回到床頭櫃上。

「洗完澡後我送妳回去吧。」Daniel 口氣疲憊。

「凌晨五點？不能等天亮再走嗎？現在是怎樣。」女孩詫異的口氣中隱含著不滿。

「我七點有個早餐會，等下先送妳回去。」

Daniel 不耐煩地起身，拿了褲子，看起來已沒有任何商量的餘地。

「渣……」女孩的咒罵聲與關門聲一起傳來。

正在換衣服的 Daniel 停下手看著自己的左前臂，上面被黑色簽字筆寫了個「40」，Daniel 用力的想抹去這個黑色數字，卻如此徒勞無功。

DAY 39

陽光灑入百坪的客廳內，七米挑高的採光、地段、裝潢，說是頂級豪宅也不為過。今天穿著粉嫩色系的 Ben 拿了一把長嘴壺將剛泡好的薄荷茶倒進瓷杯，茶香隨蒸氣從客廳瀰漫到書房。Daniel 家的書房擺設，幾乎和公司的副總辦公室一樣，這有助於他回家後接續公司的工作，差別只在於魚缸沒有紅龍和蟋蟀的蹤影。

Daniel 處理完公務從書房走出來。

Ben 放下長嘴壺，一臉不可忠議的看著 Daniel 抱怨：

「第一次聽到有人天天做一樣的夢，而且手臂還連續倒數，嚇死誰啊！」Ben 摀著胸口，也不知道是真害怕還是做個樣子。「喝點茶壓壓驚吧。」Ben 把茶杯端起來遞給 Daniel，順手把桌上那剩餘半杯的威士忌杯推到一旁。

一臉煩透的 Daniel 則推開茶杯，視線落在威士忌上。

「所以，這陣子你所有的不正常都是因為這件事？」Daniel 還是不回答，Ben 抿了一下嘴，換了個方向追問。

「你年輕的時候是不是對誰始亂終棄過？該不會有誰為你自盡了吧。不然，平白做這種夢，沒有任何原因？」

「Ben！你可以閉嘴嗎？」Daniel 原本想與 Ben 商量，才說出這件事。但現在他反而覺得夠了：「出去，給我出去！」Daniel 怒視著 Ben，Ben 也激動起來，細尖的聲音叫道：「不用你兇我也會走，我也有我的工作！Ridiculous！」Ben 同樣怒氣沖沖的轉身離開，把門用力甩上。

Daniel 長嘆一口氣，起身走到落地窗前。

大樓下方是各種顏色組合而成的連貫車流，行人如螞蟻般規矩的行進。他站在窗邊回想，從這項虛擬實境計畫開始後，到鬼屋，再到看見那名紅衣女子，自己從未這麼毫無頭緒過。Daniel 的眼神逐漸失焦成為一個空洞。

「可惡，究竟是怎麼回事？」

陽光照在玻璃上，暗處反射出他的臉，一半是陰影、一半則是懷疑。

突然 Daniel 轉身，原來 Ben 再次開了門進來，他竟然沒走？

「我沒這麼渾蛋好嗎？」Daniel 語氣強調，似乎想向 Ben 保證。

「我知道。但現在要怎麼解決？」Ben不再生氣。

Daniel不說話，或許在推敲整件事情。

「哈囉！」Ben走近揮揮手。

「我這個惡夢是從去驗收VR那晚開始的。」

「喔？Why，為什麼那個地方跟你的噩夢有關？」

「第一次去驗收的時候，我在鬼屋被一個女人嚇了一跳，可是我前晚再回到現場，裡面的東西都收了，除了假人什麼都沒有。」Daniel一直想找出原因，但始終沒有任何收穫，他把事情經過告訴了Ben，總結說：

「沒找到什麼線索。」

Ben懷疑地看著Daniel問：「是認識的人嗎？這也算魂牽夢縈了吧。天天夢到做愛，不是慾求不滿，就是念念不忘。」Ben試想各種可能，繼續說：「所以我才說你們一定搞過，一夜情？又不要人家？」

「不認識，完全想不起來。」

「那又怎麼會做這種夢，沒道理啊？」Ben雙手抱胸表示不解。

兩人不說話，分別占據客廳一角思考，這件事情確實需要理清頭緒。

「等一下，線索來了！」Ben用小指指著Daniel，神態萬分自信與傲嬌叫道：「我有個好辦法。」

「怎麼了？」

Ben 再次回到客廳沙發坐下。

「你剛說女人？你記得夢裡面那個女人的長相嗎？」

「夢和現實不一樣吧。」

「等等，你聽我說，你夢裡面那個女人，她跟你說的這個鬼屋的紅衣女子是同一個人嗎？」

「我記不清楚了。」再改口：「應該是同一位。」

「不然這樣好了，我們找個人，把這個女的給畫出來？」

「畫出來？為什麼。」

「找人啊，日有所思，夜有所夢，無論她是人是鬼，我們先找出來再說。看是給點錢了事，還是打打官司，死了的話，就燒錢給她囉。」Ben 說得眉飛色舞，看起來比 Daniel 還要積極。

「這方法也太不科學了。」

「只是畫張圖。難道你還有其他高招？」

「嗯。」Daniel 點點頭，Ben 的建議不失為一種辦法。

「喂，不要喝了。」Ben 還來不及阻止，Daniel 就拿起了威士忌杯一口吞下，Ben 連忙遞上一杯複方熱飲說：

「薄荷茶可以安神。」

「我不需要安神，我需要的是刺激來冷靜自己。」

DAY 38

美國ACC集團總公司總經理查理、策略長亞伯特、財務長嚴總等高層全聚在會議室內，聽著地區副總裁Daniel與執行長Allen兩人簡報。對於比Daniel身材更高大的Allen來說，今日的會議就像是一場調侃大會，至少他是以此為目標去準備這場演說。

透明的數位白板前，Allen視線瞄了旁邊的Daniel一眼，露出一個滿意並親切的微笑後，轉頭看向所有高階主管。

他們依序報告，由Daniel先上場，稍後的Allen始終帶著挑釁。

圓桌討論開始，兩人當面針鋒相對，會議室的氣氛簡直尷尬到了極點。

「VR還是一個不成熟的東西，它甚至像一個玩具，誰想戴上一副厚重的眼鏡？誰要活在一個眼罩的世界，真是太不切實際了！我認為VR是個會被迅速替換的玩具，就像二十年前小學生玩的3D

圖片一樣，畢竟人類的集體觀影經驗是累積一百多年得來的一種科技體驗，麻煩、不有趣的發明，很快會被淘汰。眼前，公司應該要趁著觀眾對於視頻畫質的要求，不斷提升技術設備，8K以上的平面影像發展才是我們該注意的趨勢，從晶片到硬體，估計未來十年之內超高畫質的影像設備，將會有跳躍式的爆發。」

「不對！VR給人的感受，是平面的超高畫質影像產品所不能取代的，兩者根本是不同的東西。」

「你知道開發一個全新產品需要投入多少資金嗎？更何況你說的利潤在哪？估出來了嗎？我們又能有多少市佔率？」Allen毫不客氣回擊。

「只要我們敢投資，就能主宰未來的市場，到時候，想拿到多少訂單都不是問題。」

「舊的投資都還沒回收，新進來的錢又要急急忙忙灑出去？」

「只有我們公司的規模有這種號召力。」

「Daniel，你要審慎評估。」嚴總說了一句重話。

「我相信這份投資絕對值得！」Daniel不希望被質疑。

「是啊，『未知的恐懼』可以讓某人在發表會上，讓大家認為他真的看到鬼了，你說，以後誰還敢戴上VR眼鏡？如果是這樣那VR還真是超高科技呀。」Allen態度輕佻。

「你什麼意思！」Daniel震怒地拍了桌子。

「夠了Daniel，你反應太大了。Allen，明天把報告整理好一份給我。」查理出聲制止的同時，也表態做了決定。

「沒問題。」Allen 立刻保證。

一旁的 Daniel 不滿的瞪著 Allen，他起身提高音量反駁：「VR的發展才剛起步，人類對於身歷其境的影像探索才正要開始，高畫質影像許多家公司都能做，但沒有幾家能做出擬真影像。我們只有搶得先機，才能占有市場，況且VR如果能夠結合高畫質影像，那身歷其境的感覺會更強烈，更真實，甚至創造更多娛樂，更多未知的用途！這是我們的機會，要趁現在連結更多上下游的產業，一起開發VR的商機。」

摸著下巴的查理微微點頭，Daniel 這番說法似乎打動了他。的確，掌握趨勢就是掌握市場，贏者全拿的法則千百年來未曾改變。負責法律部門的 Ben，看到查理的表情暗自鬆了一口氣。

Allen 假意的微笑點頭，內心想著，不使出一點招數恐怕不行了。

「是啊，Fear is fear of the unknown，某人身歷其境的表現，真讓大家印象深刻。如果由他來宣布這是我們集團未來不計代價投入的方向，那麼股東怎麼想？當天來賓的意向調查，難道都不具參考價值了？」

Ben 聽到這裡，剛放鬆的臉瞬間又緊繃了。

坐在嚴總左手邊的策略長臉色陰晴不定，另外一些主管則搖搖頭，Daniel 在演說上的失態與最後那一張簡報，早已經傳為 ACC 內部的笑柄。

這時門口傳來輕輕的敲門聲，查理的秘書突然上前打斷會議。

「蜜雪兒？有什麼事嗎？」查理問。

「律師要給您的文件，是關於日本幾家銀行融資的問題。」站在門口的秘書拿著重要文件對查理報告。

「這邊正在開會。」查理有些不滿。

「抱歉打擾了，但對方堅持立即審核您的回覆。」

「我知道了，拿進來給我吧。」查理揮揮手。

Daniel 轉過身，長直髮的蜜雪兒加上那一身紅色雪紡紗的連身裙套裝，Daniel 怔住了。

「Again？It's VR？」Allen 提高音量，企圖增加打擊的力道。

「你！Shit，你什麼意思？」Daniel 憤怒的轉身，狠狠地推了 Allen 一把。

「住手，Daniel！你還鬧不夠嗎？」策略長亞伯特指責。

「Allen，我決定今年由你來推案。今天先這樣吧，大家辛苦了。」查理不開心的闔上會議資料。

「查理！嚴總！麥格理寫的分析報告中提到……」Daniel 說什麼也不放棄，他盡最後努力想挽回局勢，但眾人的目光早已聚集在 Allen 身上。

Daniel 看著先後步出會議室的高層背影，氣憤的大拍桌子。

在他身後，嚴總前腳剛離開，Allen 馬上一屁股坐到主席位置，高高地翹起雙腿，以一種既戲謔又悲憫的眼神看著昔日的敵手——今日的失敗者 Daniel。

很久沒有嚐到勝利滋味的 Allen，露出一副嘖嘖稱奇的模樣說：「沒想到吧，VR？VR是什麼，誰知道啊！哈，哈。」

「搞什麼。」最會看臉色的 Ben 今日一反常態挺身而出，他追出去找查理，為 Daniel 提案失敗打抱不平。

「混帳、他媽的混帳。」Daniel 簡直氣瘋了。

Daniel 準備離開會議室的時候，Allen 挑釁的對著他比出一個眼鏡的動作，緊接著大聲爆笑，讓 Daniel 終於忍無可忍的丟下文件，立刻衝上前一把揪住他的胸口，室內眾人一陣騷動。

「欸！幹什麼，幹什麼！」Allen 喊。

「Daniel，冷靜點。」Ben 剛回到會議室就上前勸架，試圖分開糾纏一塊的兩個人。今日 ACC 集團大廈外頭的太陽照舊升起，照舊落下，偉大的世界不會因為任何人而有所改變。

DAY 37

手機亮燈，Ben傳來簡訊：「晚上我帶畫像師過去。另外，若要問鬼神，聽說這位法師挺厲害的，09＊＊＊＊＊＊＊＊王師父。」

Daniel面無表情收起了手機，操作方向盤，將耀眼流線的紅色GT3跑車停在公司入口前，輕輕按了兩下喇叭。

「請問你是？」保全趕緊跑上前。

「我是？」Daniel微慍探頭：「鐵門怎麼還不拉開？」

「有證件嗎？出示一下。」

「你問我是誰？」Daniel毫不理會的踩油門，將車直直開向另一個車道，大門警衛處的人員，連忙走出警衛亭上前察看。

「前面怎麼回事，沒見過我的車子嗎？」Daniel火大極了。

「不好意思，自動感應的監視器故障了。」年輕警衛回答很乾脆，順手指了一下左上方的攝影機。

「你們這兩個混蛋……開門！不知道我是誰嗎？」

「抱歉，我們先問一下。」

「問什麼？喂，喂！」Daniel 話還沒說完，警衛已轉身走回亭子打電話。

「Shit !」Daniel 一邊咒罵，一邊往左前方看去。Daniel 抬頭，一臺搭載著工人的升高機正往高牆邊的 ACC 公司招牌處升上去。

「噹」一聲，電動鐵門此時終於往右退開，Daniel 的車往前滑到警衛亭後方的空位。

「副總！」

警衛遞給他一張貴賓停車證，Daniel 瞪著新進的警衛，沒有接過停車證。

「我不用停車證。」接著他轉向認得他的那名警衛，指著高處問：「這些人在幹嗎？哦，那邊又是在幹什麼？」

Daniel 的視線從警衛看向上面的工人，指著正在進行高空作業的吊車以及一臺巨型升降梯。

「報告副總，他們在調整公司的招牌。」

「要弄多久？」

「大概一天吧，聽說至少還要四、五個小時呢！」

「好的，謝謝你。」丟下這句話，車子加足油門的衝進地下停車場。

監視器總是被固定在角落的天花板。

Ψ

深夜的ACC集團大樓，副總辦公室角落幾個大型的木盒子層層疊起，Daniel把威士忌從箱子裡拿取出，正往高腳杯內又倒上一點時，後方便傳來敲門聲。原來是Ben推開門。

「Daniel，這是阿銘老師，就是我說的那個警局的專用畫像師。阿銘老師，這是Daniel。」

「你好，我們？見過面嗎？」

Daniel皺著眉頭詢問，他感覺自己似乎在哪裡與這個阿銘見過，畢竟阿銘特殊的長相，以及這一身的打扮很容易讓人印象深刻。

「阿銘老師，請坐。」Daniel非常客氣，同時Ben則更親切的為阿銘拉開椅子。Ben笑咪咪的對著Daniel說：

「Daniel，你看想怎麼畫就告訴阿銘老師。」

「我時間寶貴。」Daniel看了一下阿銘，再對Ben使了眼色，彷彿說這傢伙行嗎？

「放心，阿銘老師的動作很快，畫得又好。現在我把時間交給二位，然後，我得去忙別的事情。」

阿銘沒有答腔，自顧自地在一張高腳椅上坐下並打開腳邊的畫具，這時氣氛變得有點僵，Ben離開前開口圓個場說：「咳，阿銘老師，我錢已經匯給你了，這是收據。」

Ben把轉帳收據交給阿銘，再對著Daniel秀了一下無名指上的戒指，毫不掩飾自己與新男友的進展：「那麼，我不打擾兩位了。」

Daniel 看著 Ben 迫不及待離開，鄙視的揮了揮手說：「你走吧！這個沒情沒義的傢伙。」

「別這麼說。」Ben 先朝 Daniel 回嘴，又轉頭向阿銘說：「老師，那這邊就拜託你囉。」說完便笑著關上辦公室的門。

「阿銘老師，我們開始吧。」

Ben 的前腳剛走，Daniel 立刻認真的觀察阿銘。這時整理好畫具的阿銘翻開素描簿，冷淡的問了 Daniel 一句：

「你想畫什麼？」

「我想請你畫的是一名女子，長髮過肩，錐子臉。」Daniel 大致比了一下手勢：「是直髮。對了，年紀大概二十歲左右，穿一件連身裙，紅色荷葉領邊的連身裙。」

阿銘下筆神速，遵照 Daniel 的描述，一筆一筆的具體再現 Daniel 腦海中的那名女子。

「對，沒戴眼鏡。雙眼皮，不是單眼皮。你改一下，顴骨也沒這個突出，這女孩子很漂亮的。腮幫的角度有點怪，也要修小一點。」Daniel 看著阿銘原本流暢的手，隨著圖畫的慢慢成形，開始有所遲疑而停滯。

突然，阿銘冷不防打了一個哆嗦。

不知為什麼，他感覺一張慘白的女人臉孔出現在這名年輕企業家身後那扇窗子，一種恐懼與好奇隨之而來，他腦中的畫面急速倒轉，筆下的人臉不斷閃回與記憶中某個女性疊合，他開始全神貫注的描繪，想知道最後的答案。

「阿銘老師？你還好吧。」Daniel 看著聚精會神的畫像師，臉色愈來愈慘淡，額前與人中甚至冒出冷汗，不免有些擔心。

「鈴、鈴、鈴。」

電話鈴響，兩人都停下了動作。Daniel 看著電話上顯示著「Mom」，這是一通國際長途電話。

「不好意思，我接個電話。」Daniel 起身又說：「麻煩老師先照我說的，把圖修改一下。」

阿銘看著副總走出會議室，再轉頭看向紅龍，確定四下無人。他拿出手帕快速擦汗，目光仍然緊緊盯著這張素描圖。一人對著圖畫思考起來，翻過素描紙，從隨身畫具箱中，拿出另一支古怪的毛筆，畫起一個類似符咒的圖案。

「Mom？」外頭 Daniel 的聲音在走廊慢慢變小。

「封界四方、頂鎮五雷……」副總辦公室內的阿銘，口中開始顫動，念念有詞，捏起指訣後專注的在紙上畫符施咒。

「啷！」的一聲，從辦公室陽臺傳來一聲巨響。

阿銘停下筆，抬頭看向窗外，窗外沒有任何光，漆黑得教人發毛。稍後，素描本旁只剩下被擱著的畫具。

「妳說沒有就沒有吧，我只是想問清楚……我沒事，不用擔心。我會多打給妳，謝謝媽，我愛妳。」

Daniel 掛上電話踱步到了茶水間。

「水……」Daniel 喃喃自語的從冰箱取出兩瓶氣泡水，一個精緻的小餐盒吸引了他的目光。Daniel 看了一下，只見側面貼有一張「Allen」的字樣。

下一秒 Daniel 輕鬆的拿著兩瓶水離開，而標示「Allen」的小蛋糕被揍得爆漿，出現在垃圾桶中。

Ψ

Daniel 走回他的辦公室，然而阿銘卻不在座位上。去廁所了嗎？可是廁所和茶水間是同一條路，他走回來時未碰到阿銘。

「阿銘老師？」Daniel 走出辦公室，一路往走廊盡頭，喊了半天都無人回應。遠處的洗手間一片死黑，阿銘應該不在裡面。

「阿銘老師？奇怪，上哪去了？」Daniel 帶著滿臉疑惑返回辦公室，放下水瓶與餐盒的時候，聽見後方的水族箱傳來「波啦波啦」的聲響，斷斷續續的低頻噪音吸引 Daniel 的注意。他上前仔細看。

「Oh Shit !」

Daniel 不敢相信的大喊！他終於看見阿銘——但誰都沒想到，阿銘整個人沉浸在魚缸裡，雙手還緊緊地掐著自己的脖子。

魚缸內的大型紅龍受到嚴重壓迫，正不安地在焦躁拍打水面。

「該死！」

Daniel衝過去伸手從魚缸內拉起了阿銘，費了好大的力氣，全身也濕透了，才把阿銘從魚缸拖出來，但阿銘已經臉色發白、失去呼吸心跳。

Daniel趕緊幫阿銘做心肺復甦，卻苦無任何反應。二十分鐘後，終於Daniel停下手，認真地看著死去的阿銘，阿銘的脖子上出現了明顯的指痕，這是為什麼？Daniel不由得嚥下口水。

「到底怎麼回事？」

這短短的幾分鐘內究竟發生了甚麼事？

Daniel深吸一口氣，起身看著桌上阿銘的素描圖像，很快做了一個決定。他看見這張素描像與自己夢中的女人差異不大，而圖紙的右下角上寫上一個「張」與一個「艸」字頭，那是沒寫完的某個字的上半部嗎？

Daniel詫異的看著這張素描圖，又看著死去的阿銘。

兩分鐘後，Daniel拿著手機從辦公室衝出，在走廊上一邊奔跑，一邊對著手機大吼：「對！是溺水！溺水！你還要我再說幾遍？」「不是海邊！他在魚缸裡！你們快點吧！」

回到溺水現場，地面一片濕答答的水攤，Daniel的吼聲與腳步聲已完全消失在轉角處。

室內感覺更昏暗了，水族箱內的紅龍仍焦慮地來回游動。

DAY 36

警察局內，一切準備就緒。雄哥按下錄影鍵看向 Daniel，他翻開 Daniel 的居留證開口說：「李家豪先生。」

「李家豪這個名字對我沒有意義。請叫我 Daniel Lee。」

「李先生，你同意我們進行夜間偵訊嗎？你可以選擇同意或是拒絕。」

「我懂，你們隨意。」Daniel 不爽地看著板著一張臉的警察。當然，警察聽了他的回答也不悅的皺起眉頭。

同一時間，警局偵訊室外的吵鬧，注定這又是一個不平靜的夜晚。隔著偵訊室門板，穿夾腳拖，披著件粉紅外套的 Ben 正與警員小姚站在偵訊室外劇烈爭執，他手指狠狠的戳入小姚的胸膛上，大聲嚷嚷。

「我告訴你，我的當事人拒絕任何形式上的偵訊！」

「陳律師！」

「他該說的都已經說了，你聽明白了嗎？」Ben 的強勢態度，此外高八度的聲音，不論是誰聽起來都會很不舒服。

「我們還是要問些問題。」

「像你這種菜鳥警察，我見多了，一切要按法律走，不是你們說了算！」

「現在也不是你說了算，最後要等檢察官裁示，你也聽明白了嗎？」一向溫吞吞的小姚，這下也強勢起來了。

「你看看你，什麼態度，小心我發律師函給你！」Ben 依然咄咄逼人。

小姚受到威脅更是不滿的說：「告什麼，告我依法行事？還有我已經服務好幾年了，不是你說的什麼菜鳥。」

「菜！」

「菜鳥不會進偵查組。」小姚再次把 Ben 擋在門外。

Ψ

在良好的隔音牆阻絕之下，偵訊室內的 Daniel 根本不知道外面已為他吵翻天。他撐著額頭，細細回想著剛才所發生的事情。

後方又傳來開門聲，拿著一疊文件夾的劉奕臻推開門走了進來，陷在自己思緒中的 Daniel 轉頭看見她。

「妳？不是在地下停車場？」

Daniel 一眼就認出劉奕臻，劉奕臻一言不發的拉開椅子坐下，同時按下攝影機的「錄影」鍵。

「Mr. Jia Hao Lee？」她冷漠的翻出文件夾中的居留證，以及護照核對，再抬頭看向面前的 Daniel。

「叫我 Daniel Lee 吧。」Daniel 回答。

「你同意我們進行夜間偵訊嗎？你可以同意或是拒絕，明白嗎？」

「警察都說一樣的話嗎？我們可以直接討論重點嗎？Offier？」

劉奕臻的態度讓 Daniel 感到很不舒服，在這種不被尊重的前提下，Daniel 也拉下臉，不耐煩的碎唸：

「Police……Cop……Pig……」

這麼一來，劉奕臻倒是放下護照，雙手抱胸的多看了他幾眼。

Ψ

傲慢的紅龍依舊在水族箱中來回巡遊，四周都是鑑識人員在現場採集證據。清晨李組長站在窗邊，欣賞著有錢人的風景。

鑑識人員向劉奕臻匯報後，劉奕臻再走向組長。組長轉身聽劉奕臻說明。

劉奕臻手拿一份資料：

「辦公室內沒有監視器，但走道有一臺正對著會議室門口。按照嫌疑人的說法，會議室當時只有死者一人，他則接聽母親打來的電話走到茶水間，門口的監視畫面也確實拍到嫌疑人離開現場去接電話。通聯記錄也沒有問題。」

「一個開放的密室？」李組長問。

「在嫌疑人回到現場前，類似密室沒錯。」

李組長走向魚缸，戴起白手套。

「證人看來只有這條紅龍了。」李組長脫下白手套說：「提醒ACC，好好餵這條魚，別讓牠餓著了。」

「阿銘之前有一個女兒，但是二十年前就通報為失蹤人口。要不要先去阿銘的住處看看？」劉奕臻看著資料說。

組長看了一眼奕臻，搖搖頭：「我們先去看阿銘。」

劉奕臻看著組長轉身離開的背影。

Ψ

殯儀館停屍間，幾個人圍在解剖檯前看著阿銘的遺體。法醫翻動阿銘的脖子，讓眾人看脖子上明顯的掐痕，同時向李組長與劉奕臻解釋：

「醫學上啊，自己掐死自己是有可能，但是現實上不可能。照理來說，大腦缺氧的時候肌肉會不受控制的放鬆，但是死者的死因卻又是溺水……這很難解釋。」

「會不會他在魚缸上面自己掐著自己，等到自己缺氧，昏過去的時候剛好腦袋掉進魚缸中溺死？會不會是這樣？」組長雙手放到自己的脖子邊比畫。

「也是有這個可能，只是死者為什麼要這樣做？」

「可能……」組長詞窮了。

「自殺有一百萬種方式，最常見的就是燒炭、跳樓、上吊，用這種方式，實在說不過去。」法醫口氣聽起來頗不以為然，這樣的死法不是他所熟悉的。

「會不會是加工自殺？徐醫師，嫌疑人先掐昏他然後推入魚缸讓他溺死？」劉奕臻提出自己的看法。

法醫伸出雙手掐住自己脖子：「我們自己掐自己是這樣子，掐人家呢，是這樣。」法醫示意組長掐自己脖子說明：「你們看死者頸部的掐痕大小、上下交疊的位置，可以確定屬於他自己的。而且死者的手背上也沒有外傷，加上死者身上確實有著急救痕跡，看起來不像加工死亡。對了，嫌疑人呢？他怎麼說？」法醫看奕臻沒回答，又問：「收押了嗎？」

「收押？老徐，要是你這邊也查不出什麼，檢查官可能就要讓他交保了，上面有人來照會過了。」

組長無奈的搖搖頭。

「老外嗎？」

「臺灣出生，但有外國護照。」組長與劉奕臻互望一眼，又說：「那個傢伙的律師看起來，還真有點本事。」

法醫有點詫異，聳肩說：「我這邊大概就這樣了，除非……」法醫看著遺體意有所指的說：「除非他能告訴我們究竟發生了什麼事。」

法醫心想殺人嫌疑犯能夠被這麼快的被保釋，一定多少有點關係，身分或是背景是絕對的要素，看來似乎有些可疑了。

「有家屬嗎？」法醫突然想到。

劉奕臻搖搖頭：「死者鍾田銘，有一個女兒，但是二十年前就通報為失蹤人口。」

「那就是家裡沒人了。」

法醫看著組長，接下來的事情就不歸他管了，而且他也知道組長與這位畫像師的交情：「那我再通知葬儀社來處理。」

組長十分感慨的看了一眼阿銘，語氣沉重的說著：「好吧。」

劉奕臻沒見過組長有過這麼感傷的表情，有點不解的再看死者一眼，只見法醫用白布重新把屍體蓋上。

DAY 35

凌晨一點，劉奕臻全神貫注的盯著電腦，一雙手飛快的打字。

電腦螢幕裡，出現幾行文字：

被害人鍾田銘溺斃於ACC公司副總李家豪辦公室東側的水族箱內，確實死因仍待調查。已偵訊過嫌疑人李家豪，並釋回。過程中嫌疑人……

劉奕臻專注的盯著螢幕，飛快打著刑案報告，絲毫未注意身邊的同事早已陸陸續續收拾東西下班離開了。

Ψ

早上辦公室幾名職員看見 Daniel 走向辦公室，彼此心照不宣地互看一眼後低下頭工作。

Daniel 看著手機走進門，抬頭赫然發現自己桌上的電腦已經不見蹤影！

這是怎麼回事？資料櫃內的一箱箱的檔案也都被搬走，唯有一旁大型魚缸內的紅龍依舊優雅地轉身，魚缸外的紛擾世界與牠無關。

他問詢問坐在門口的秘書說：

「警察帶走的嗎？他們明明保證，不會動我的東西。」

「不是警察。」

他看秘書也在忙著收拾東西，不花三秒鐘的時間 Daniel 就想通了，踹了一旁的盆栽，甩門走出辦公室。外頭職員們各自低著頭，這幾天發生這麼多事，還鬧出了人命。在這種地方上班，已經相當不安了。

有些事情或是有些人還是當作沒看見吧，對誰都好。

Ψ

一臉怒意的 Daniel 衝進會議室，正在開會的 Allen 暫停討論，同所有人一起看著 Daniel 失態的舉動。

「怎麼啦？」Allen 一臉趣味的打量 Daniel：「很好，很好。」Allen 非常滿意的看 Daniel 氣得說不出話，甚至好整以暇的改變了姿勢，輕鬆的仰坐在牛皮椅上笑說：「有什麼事嗎？」

「你還問我有什麼事。」Daniel 掩不住怒意的質問。

「哦？」

「為什麼讓資訊處的人把我的電腦拿走？」Daniel 氣得全身發抖。

現場一片肅殺，這是兩個人的戰爭，下面與會的職員沒人敢吭聲，倒是 Allen 霸氣的起身直視 Daniel。原本身材就比 Daniel 高壯的 Allen 一站起來，就由上而下極具氣勢的看著 Daniel 回答：「為什麼？你不知道？」Daniel 與 Allen 互望，彼此對峙，現場時間彷彿凝結。

然後 Allen 打破沉默說：「一個水族箱裡只能有一條紅龍？也不知道嗎？」

Daniel 緊握的拳頭，最後還是鬆開了，他深吸一口氣，看向在場的所有人，沒有任何同事願意對上他的目光，他儼然成為一個隱形人。

「OK，我給你兩天時間打包、別怪我不給你面子！」Allen 走回座位宣布：「繼續開會。」

Allen 剛說完，滿滿會議室的職員就像是服從什麼指令一樣，瞬間無視 Daniel 回到開會應有的狀態。

當然 Danie 也不得不離開。

Allen 看著 Daniel 轉身離開的背影，嘴角忍不住揚起。

Ψ

「這箱子裡頭，是什麼？」

「幾件死者的隨身物品和畫具。」

警局會議室內，李組長一邊看著手邊各項資料與監視器畫面，一方面聽奕臻報告：「嫌疑人說的時間點都吻合，也沒其他人出入他的辦公室，甚至死者身上的物品，也沒出現他的指紋。」

「那傢伙有說，找阿銘來畫什麼嗎？」組長問。

「嫌疑人說他常夢見某個女人，所以找了鍾田銘到公司的辦公室裡畫圖，希望能按圖找人。」

「哪個女人？這傢伙想女人想瘋了嗎？」

組長說完，就看到劉奕臻無奈地聳聳肩。在一旁偷笑的年輕警員也忍不住插話說：

「嫌疑犯真是個怪人。」

「奕臻，這 case 我想還是交給小姚與大偉來辦吧。」組長思考後說。

「為什麼？照輪案子不是應該輪到我了嗎？」劉奕臻不解的看著組長。

「我是……」組長皺著眉闔起資料，他抬頭看著奕臻眼神中盡是擔心，兩人對望許久。奕臻終於忍不住打破沉默問：

「組長，你是在擔心什麼啊？」

「妳體質這麼敏感，要是出了一些奇奇怪怪的事情，我可擔當不起。」組長又遲疑了一下。

「組長的意思是我會被附身？」

「也不能這麼說。」

「拜託喔，我們是警察！這個案子只不過就是查出嫌疑人究竟是不是殺人犯而已，會有什麼事呢！」

「奕臻，我在這行二十幾年了，我知道有一些事情就算追也追不出結果。因為有的案件，就是沒『人』犯案。」組長語重心長地搖頭。

「沒人犯案？什麼意思？」劉奕臻不明白。

組長停頓一下，見奕臻仍十分不服氣，還露出不可思議的表情質疑自己，才不情願的說：

「二十幾年前，我還在基層的時候，一位年紀大的阿桑來派出所報案，他講他的右手想要殺他，他沒辦法應付，要我將他的右手用手銬銬起來。妳說說看，這是真是假？」

「精神異常？」

「是，我以為他吃藥吃到頭殼壞去，也沒特別處理。」

「所以呢？」

「但他除了驚慌，看起來非常正常，我讓他驗尿，就將他趕回去。誰知道第二天，他的屍體就在厝內被人發現，右手拿著兇刀，頭跟身體只剩一點皮黏著。現場很乾淨，沒第二個人的痕跡。」

「這是自殺吧，嗑藥太多本來就會有妄想症。」

「他驗尿正常。」組長搖頭，嘆口氣說：「脖子有十幾道刀痕，法醫講，第一刀下去時，他應該就死了，唯一的解釋，就是他死後右手還在繼續動。」

「繼續動！」奕臻不敢置信。

組長對著自己脖子比劃了一下，之後見現場的氣氛古怪，才趕緊補充：「奕臻啊，我們警察只能管到人，管不到天。這案子妳要查就往下查去吧，但要記得該在什麼時候收手。」

「好。」

「我先去向局長說明一下，妳自己也多小心一點，好嗎？」

劉奕臻點點頭，搶在組長之前，拿起文件夾開門離去。

DAY 34

「啊！」一陣瘋狂尖叫後，大汗淋漓的 Daniel 異常驚懼的從床上坐起，他喘著氣、茫然看著四周，回想著一秒鐘以前的可怕夢境。

那是一個奇怪的空間，無止盡、深邃的黑暗，遠處有一道亮光，亮光下女子從煙霧中成形出現在他的眼前，只不過女子這一次沒有變成鬼怪，只是用無神的眼睛看著他，然後順著交會的視線，一點一滴的腐蝕他的臉。

Daniel 掩住自己的臉，過了許久他放下手，遲疑的轉頭看著自己的左前臂，上面用黑簽字筆寫著「34」數字。

沒蓋上筆蓋的簽字筆落在一旁，Daniel 把筆套塞回去，拿起了那張素描像，畫中女子面無表情地與他彼此對望。

時鐘「噠」的動了一下，時間是凌晨四點五十分。
Daniel 拿起了手機找著之前 Ben 的簡訊：「晚上我帶畫像師過去。另外，若要問鬼神，聽說這位法師挺厲害的，09＊＊＊＊＊＊＊＊王師父。」
「王師父？」Daniel 放下手，失神的望著仍漆黑的窗外。

Ψ

Daniel 拿手機撥了電話給 Ben。
「Ben，那個畫像師是哪裡來的？除了手機號碼，你還知道他多少事情？等等，你再幫我問公司其他職員，VR 鬼屋後來移到哪裡了？」
不出一分鐘，Daniel 就接到 Ben 回電。
「鬼屋原來占地太廣，租金高，前門還對著電塔，查理嫌棄門面不好，之後 Allen 找人拆了，東西都移到那天你發表 VR 演說的地下室。」
「那棟大樓？」
「是啊，聽說那棟的 B1 有個綜合空間，是原場地的兩倍寬，另外說是為了方便日後高層參與實際體驗、參觀什麼的，當然最後什麼也沒派上用場。」
「地址呢？」

「嗯？你不是去過嗎？」

「快點再給我一次地址。」

「你不記得啦，好吧，我查一下喔，待會發訊息給你。」

Ben 雖然總是在感情上拖泥帶水，但工作效率卻出奇高，這也是 Daniel 為何能跟他當朋友，並成為最佳的事業搭檔。

稍後 Daniel 一收到 Ben 傳來的確切地址，立刻開車前往。

Ψ

幽暗的室內，已經不見 VR 等一切電子設備，唯獨留下一些背景道具。Daniel 找到一扇非常眼熟的木門，他記得就是在這扇門，門板上有個鏽蝕的鑰匙孔，而門後有一個棗紅色檜木的梳妝檯。那個女人？女孩？又或者說是女鬼！就是坐在那個位置轉頭窺視他、看他、監視他。

Daniel 恨透了那個惡夢，陰魂不散的玩意，所以他徒手拆了門板，並高舉門板砸爛這個梳妝房裡的一切東西，全部都給我去死。

再見了惡夢！

Daniel 滿意的看著自己的傑作，帥氣轉身。

這時被他破壞東西的噪音引來的大樓警衛，拿著超大型手電筒躡手躡腳的進來。

「這是哪間公司租用的，不是倉庫嗎？堆得像個鬼屋。」警衛抱怨著。

「沒錯，就是鬼屋。」Daniel 暗中打開空調將氣溫調降至十八度。

果然，不到五秒鐘離大門出風口最近的巡查警衛就感受到冷風的寒勁，他轉身關上門，喃喃自語說：

「都是些破爛的鬼東西，小偷來也罷！」

警衛走了之後，隱匿在柱子後方的 Daniel 走出來，他又在室內仔細巡了一次，然後他發現那臺復古收音機，還有一個仍然可以操作的鬧鈴，嗶、嗶響了兩聲之後，立刻被 Daniel 關上。然而這個時候，Daniel 四周卻開始變化，他感覺到遠方，確實是很遠很遠的前方，有一個紅色光點閃爍，接著紅色的不明物體用飛行的方式全速靠近他。

Daniel 失聲笑了出來，這鬼屋還能運作嗎？他想。

他低下頭想看收音機與鬧鈴之外，還有什麼被他遺漏的設備，卻找不到任何機關了，於是他放棄。抬頭，卻見全臉腫爛長滿蛆的紅衣女子飄到眼前，Daniel 來不及開口，即昏過去了。

DAY 33

Daniel醒來的時候，已經躺在自己的臥室中。

回想被滿臉蛆蟲的紅衣女子親吻他的瞬間，他感覺到她全身的蟲子都轉移到他的臉上、身軀、四肢，肆意擴散入侵他的體內。

一身大汗、驚醒卻無可奈何的Daniel沉默的坐在床沿。

怎麼會在自己的房間？真的去過那個地下室嗎？他恨自己無論如何回想，都記不起自己是怎麼回家，怎麼回到臥室裡？

手臂一如既往傳來腐肉般的惡臭與陣痛，數字已倒數至33了。

Ψ

狗吠聲稀稀落落的由遠方傳來，雨夜。

穿著套頭帽T、戴口罩的黑衣男子抬頭看了看電線杆上的監視器，他小心地繞過去，鬼鬼祟祟走了一小段路。

一間被矮牆圍著，破敗的平房出現在眼前。

他探頭確保漆黑的屋內沒有任何動靜，找不到門牌，再看外頭門上斑駁的信箱塞滿了廣告信件，大門也被貼了陳舊的「電費催繳通知書」。黑衣男子抽出成疊的信件，經過日晒雨淋，好多傳單與信封只剩下模糊的幾個字，從信封的收件人確認是鍾田銘。既然屋內無人，「吱呀」一聲，男子拿著鑰匙慢慢地打開了門。

開門後，他停下手微微拉下部分的口罩，露出一雙冷酷而銳利的眼睛，而這雙眼睛的主人正是Daniel。

一時想不透，木門沒上鎖是為什麼？

Daniel屏著氣從門縫往內窺探，屋內只有微暗的紅光，實際進到屋裡，幾乎沒有一絲光線。

他打開手機上的手電筒功能照明，卻突然驚嚇到，啞口無言的看著一整面牆上掛滿各式各樣的符令。八仙桌上的長明燈使屋內瀰漫一股幽靈的詭譎，彷彿自己身處在一個攝影的暗房中。透過手上的微光，Daniel狐疑看著滿桌的令旗、符咒、棺材、桃木劍、三清鈴……小棺材、香灰與高低不一的蠟燭，整屋的法器是要做什麼？

「這傢伙不是畫像師嗎？」Daniel 看得心煩：「不畫畫，整天在家做法？」他懶得仔細查看，直接高舉手電筒往後照去。

客廳角落似乎另圈成一個工作區，挑高的牆面牽了幾條繩子垂掛畫像，牆上、桌上更擺放眾多的人物素描。有些臉非常完整如同真人，有些臉則面目猙獰、痛苦可怕，有些臉則尚未完成，這些黑白的臉孔全朝著門口注視，呈現出一種鬼影幢幢的詭異氣氛，可怕的氣氛讓 Daniel 不由得睜大了眼睛。一旁還有整疊的繪圖本與放置繪畫用具的書架。

持續摸黑，Daniel 悄悄的推開所有房間的門，再一一關上。Daniel 覺得整個房子太讓人不舒服，在裡頭轉了一下就想離開。屋內遍尋不著關於紅衣女子的線索，只看到許多符咒和畫像。最後他來到了一個門前。

「上鎖了。」

李家豪設法撬開鎖，進入阿銘的書房。

他翻來倒去同樣一無所獲，突然看到一個紅色按鈕不斷閃爍吸引 Daniel 的注意力，他瞥見角落有臺積滿灰塵的老舊電腦。Daniel 毫不猶豫的走上前開機，慶幸電腦沒有設定登入密碼。這時 Daniel 擦了擦鍵盤，並從口袋深處摸出一副平常餵紅龍的外科手套。他戴上後迫不及待的嘗試操作滑鼠，鼠標猶豫不定，Daniel 隨意瀏覽幾個資料夾內的檔案，卻始終一無所獲。

「都什麼時代了，還有這種 Windows 95。」

他選擇螢幕上的「Picture」資料夾點入，裡面什麼也沒有。Daniel 不信，再用滑鼠點進桌面的垃圾桶，終於發現有一些照片。

時間還早，Daniel 決定一張一張點開。

最後他看見一張紅衣女子的半身照，不由得停下動作。他突然頭一陣痛，像被閃電打到膝蓋跪下。他努力撐起身體，看著照片正中央的紅衣女子，Daniel 感覺到自己的血液倒流，簡直不敢相信會看到這張照片！因為這名女子身處的場景——後面有對藍玉獅子的 Logo，顯示就是小乖圍事的那家夜店！儘管女子的臉部因過度曝光，而有些慘白，但不難看出她與阿銘畫的人像差異不大。

「Shit，這畫師果然認識這個女人！」

Daniel 再仔細看一次。他拿起手機對著螢幕拍照存證，沒想到才拍了一張，電腦就自動關機了。

「噢，該死！」Daniel 低聲咒罵，不忘趕緊檢查手機。所幸手機還是及時的拍下了這一張關鍵的照片，讓他鬆了口氣，下一秒 Daniel 表情卻轉為疑惑。

由於他之前太專注了，沒注意到外面的風聲。一陣涼風吹進，窗上的符咒擺動，發出不尋常的啪啪聲響。

這時某人打開了門。

Ψ

晚上在警局，劉奕臻打開貼有「鍾田銘」標籤的牛皮紙袋，裡面的證物被逐項取出，全攤在桌面。

「這張是放在證物袋裡的短髮女子畫像，阿銘皮夾內只有幾百塊錢，外加磨得光亮的悠遊卡，內層沒有任何的身分證件。」

劉奕臻繼續翻著其他註明「鍾田銘」的刑事專用牛皮紙袋，反覆打開素描本翻閱又闔上。這裡的人像都是誰呢？有男有女、有老有少，一共十五位，難道他們都是嫌犯？還是朋友？模特？她數了一下頁數皺起眉頭，收起素描本放在右方。

另外她還翻出阿銘的皮夾把玩。

最後，奕臻乾脆把整箱的證物倒出來，看看還有什麼東西。

她若有所思的瞪著桌面上的雜物，突然像是想通了什麼。她皺著眉頭，拿起阿銘的大背包翻找。背包裡有畫具、素描本，但是都沒有那樣東西。忽然她停下動作思考半晌，接著拿起了素描本。

Ψ

臺北的好處是永遠可以在某些時間找到某些需要的店，甚至找到想要的特定商品。抱著一大疊書正準備上架的男店員，睜大眼睛看著一臉嚴肅的劉奕臻正翻著一本被她拆封的素描本。

「小姐！要先結帳才能拆封喔！」

「該死！」劉奕臻低聲的罵了一句，音量不大但是卻鏗鏘有力。

「啊？」店員瞠目結舌，完全沒預期自己得到的是這樣的回答，劉奕臻隨手放下素描本轉身快步離開。

「小姐！小姐！」

店員囁嚅的喊了幾聲，卻不敢上前阻攔。他在心裡默想，算了，畢竟快打烊了，這時段客人的行為總是難以捉摸，只要不偷東西其他都好解決。

奕臻匆忙鑽入駕駛座開車上路。

路燈從車子兩旁掠過。

劉奕臻路邊停車，走進一間便利超商買了幾罐飲料。她在超商外匆忙開罐，喝了幾口就將罐子扔進垃圾桶走回車內。

夜間道路上，劉奕臻開著車撥電話。

同個時候，警局臨時加班的小姚聽見電話急響。

「學姊？」

「小姚，你要出發了嗎？」

「是啊，準備去停車場了，馬上要開車過去。」

「你先等一下，到樓上一趟，幫我問問值班的趙哥。」

「唔？」小姚到嘴的話還來不及說出口，就聽到奕臻交代：

「李家豪是二十歲才移民出國的，我們這邊已經銷戶了，看趙哥是不是有辦法幫我調到他之前的一些資料？比如說從教育部，健保局，或從什麼單位？」劉奕臻手握方向盤。

「好的。」

「另外，你再幫我確認一下鍾田銘的證物袋內，有沒有他家裡鑰匙？」

「沒問題。另外我也確認過了，那款素描本啊，書店的現貨和網路上標記的規格通同，全部都是十六頁。」小姚的聲音透過手機傳來。

「好，那我們等一下直接到他家門口見。啊！」來往的車輛在夜間的道路上急駛，她突然被迎面而來、開著遠光燈的車子嚇了一跳。

「學姊怎麼了嗎？」

「沒事，先這樣了，掰。」

掛上電話，奕臻相信 Daniel 一定在隱瞞什麼，而現在就是把證據補足的時候了。殺人者再怎麼故布疑陣，總有蛛絲馬跡可循。她相信自己快要找到那一絲的破綻了，她必須為被害者討回公道。

她的車子呼嘯地進入了深不見底的隧道。

Ψ

鄉間的小徑上，相隔好遠才出現一間像樣的房子。

彷彿知道所有人的目標都是這偏僻角落的平房，現在狗兒慵懶的攤在草堆上，看到陌生人都懶得吠上兩聲了。

兩根L型的開鎖器在鎖孔內來回攪動，劉奕臻、小姚、里長圍繞看著鎖匠的動作，「喀擦」聲響後，鎖匠熟練的推開了門。

「好啦！門開了。」

眾人往裡望去，屋內一片漆黑，曾經來過的里長身先士卒地走了進去，嘴巴也開始碎碎念著：

「這摳喔，喊死就死，這下是要怎麼跟房東交代啊？」里長又氣又無奈，揮著手要大家都趕快進來：「你們隨意進來啦。」

「學姊，檢察官那要怎麼說明？」小姚打開中型探照燈，為大家照明。

「就說我們是跟里長進來的。」奕臻跟在里長後頭回答。

「奇怪，燈怎麼不亮？」里長很快靠手電筒照明，找到了電燈開關，只是暗中傳來他反覆切下開關的聲音，卻始終沒有亮燈。

里長上下來回試著，開關卻毫無反應。

「門口有貼單子你沒看到？這裡被切電了啦！」鎖匠調侃一句。

「是喔。」里長繼續拿著手電筒向四方探照，隨著手電筒的光照去，只見牆上、八仙桌上的一堆符令。

「夭壽喔，你娘咧，這是三小？啊，啊。」里長看著牆上一整面的素描人像，不禁嚇到失聲。同時客廳正面擺了一張八仙桌，上頭堆滿了收妖、鎮邪的器皿，這堆施法道具讓里長驚訝的說：「靠爸啊，這摳是做有在師公喔？還是惹到什麼不乾淨的？」里長轉身，手電筒照著阿銘的工作區，內心一陣咒罵，不斷抱怨滿屋怎麼淨是畫一些沒穿衣服的女人。

劉奕臻看著這雜亂的房間，則露出不安的神色。她的手電筒，照著地上滿是碎玻璃的角落。

「夭壽喔。上次風颱看阿銘買一堆東西，說要防颱，沒想到還是窗戶破成這樣啦。颱風都過好幾天了，玻璃也不清一清。這摳喊死就死，這下是要怎麼跟房東交代？」

「如果是颱風，這些畫早就濕透了。」劉奕臻看向破窗，她眼神示意小姚，兩人同時把槍上膛。「大家小心。」

多只手電筒照著牆上、美術桌上。眾人檢查完客廳無異狀，見一旁小門開著，走進書房。劉奕臻拿著手電筒跟進，仔細的繞了雜亂的房間一圈，最後目光停在一臺積滿灰塵的電腦。

「小姚，幫我把主機給拆下來好嗎？」

小姚上前觸摸主機，發現機殼有餘溫，驚訝地說：「學姐，剛剛有人開了電腦。」

劉奕臻將槍拿得更緊：「我知道。」。

接著奕臻走近書架，在書架前放下手電筒。她從整排同款的素描本中隨機抽出一本，然後翻開本子一張張的默數。突然她兩眼微微上翻，停下了手邊的動作彷彿感應到什麼轉過頭，只見窗上符咒微微擺動。

「學姊？你還好吧。」

劉奕臻放回素描本，對著小姚點頭說：

「我沒事。屋內應該也安全了。」

「好。」小姚咬著手電筒蹲下身開始拆主機。

「想點辦法，把客廳弄亮點，我再仔細搜看看有沒有遺漏什麼證據。」劉奕臻說完，眾人又睜大眼睛看了一次客廳頗為詭異的陳設，不約而同的感到不寒而慄。

「這厝內都是一堆五四三啦。阿東你有抽菸，把那蠟燭點起來，裡面黑暗暗的，真不爽快。」里長喊著鎖匠動作。

鎖匠拿出打火機，逐一點上八仙桌上那一堆高低不一的蠟燭，小姚也協助將蠟燭逐一點亮。窗戶上貼的那些新舊不一的符咒、竹筒高低參差的黑令旗、桌上分叉未乾的硃砂筆、滿地的黃裱紙、吊掛的人物畫像，里長尷尬的摸了摸鼻子看向劉奕臻。

「警察小姐，人死會回魂，裡面煞氣太重了，繼續待下去對大家都不好，要是搜得差不多了，我們就先離開吧。」

外面遠處突然傳來了淒厲的狗螺聲，一陣風吹得屋內的擺設陣陣晃動，鎖匠趕緊走到了大門口往內喊著。

「大門你們會鎖了，我先來去了！」

「你也等我一下啊！幹！機車咧！」

機車的催油聲一下消失，里長有點氣急敗壞，他是被鎖匠用機車載過來的，這下可好了，他無奈的轉頭看著劉奕臻。劉奕臻則看著中堂那一幅一尺長的巨大令符：「到底是為什麼？」風吹過蠟燭火光，照著她臉上一陣忽暗忽明。

「警官啊，你們是辦好了沒？」里長回頭看向屋內問。

「再等一下下，馬上好，馬上好。」小姚邊說邊設法扯掉連接在主機上的螢幕接線。

「南無薄伽伐帝……」

里長從褲袋內摸出佛珠握在手上，開始默默地念起了藥師咒。

「我拆好了，終於好了。」小姚拆了電腦後，「學姊……」抬頭一臉疑惑的看著不說話、眼睛直視著中堂的劉奕臻。

DAY 32

夜店內眾人狂歡，已經是熱舞的最高潮了！

DJ的手在黑膠盤上摩擦出了一連串滑音，狂野的炒熱現場氣氛。Daniel原想四處找找，但即使他高出旁人許多，還是被夾在夜店的人群當中，不斷地被左右推擠，費了好一番功夫，才好不容易浮出舞池，拉住一旁的侍者後掏出一張折疊的畫像讓侍者指認。

「喂！有沒有看過這個女生？」背後的音浪強力震動，Daniel用力喊著。

「嗯哼？NO，沒有吧。」侍者搖搖頭。

這裡根本沒辦法找人，Daniel不得不收起了畫像，他好不容易離開舞池回到習慣的上層吧檯區。

「喂，小乖，過來過來。」Daniel認出吧檯內一個熟悉的人影——小乖。

「試試這支酒，加冰嗎？」吧檯後方的小乖看過Daniel手機內那張模糊人影後，像是什麼也沒發生的打開一瓶無標籤的威士忌，替自己與Daniel各自斟上一杯。

「我要找人。」

「這是要看什麼？」小乖皺著眉，把Daniel的手機給遞回去，一臉不解的看著他。

「看什麼，就這個人啊，我要找她。」Daniel說。

「找人，拜託……」

「幫我這個忙，這裡你認識的人最多最廣！」

「嗯？她誰啊。」

「我不知道。」Daniel又掏出那張放大八倍的折疊畫像。

「你也不知道？不過我可以確定一點。」小乖不以為然。

「哪一點？」

「這女穿的真是有夠慫的，肯定不是常來我們這裡的那種女生，再說，你這張相片哪來的？」小乖問。

「從一個叫做阿銘的畫像師那裡弄來的。」Daniel抿了一口威士忌，辛辣劣質的口感讓他皺了一下眉頭。

「阿銘？警局那位畫像師？」小乖略感訝異的看著Daniel。

「是啊，警局的畫像師。怎麼，你認識他？」Daniel有些詫異。

「幹我們這行的，警局誰我們不認識？」小乖喝了一口威士忌，頗為自信的眼光看著 Daniel，Daniel 也看得出小乖不是在呼攏自己，於是他認真的放下酒杯問：「那你可以幫我弄到他的資料嗎？」

「你是要問這個女的？還是要問阿銘？」小乖有點搞不清楚的望著 Daniel。

「我也需要阿銘的資料。再說這女孩的照片來自阿銘，是不是從阿銘這邊下手會比較快？」

「也對。」小乖舉杯，兩人的酒杯互碰了一下。但小乖沒有馬上答應，他別有意味的看著 Daniel。

「你可以嗎？」放下酒杯的 Daniel 試探著小乖。

「我要想想。」小乖搔著下巴看 Daniel。

「算了，也沒什麼。」Daniel 念頭一轉，不想告訴小乖太多。他小心翼翼的折著圖畫紙準備收好的時候，紙張在夜店特殊紫外線燈的照射下，背面隱然有個用隱形墨水畫出的符咒！

Daniel 驚訝的翻過畫紙，兩眼發直的瞪著背面。

「這……」他趕緊把圖紙整面翻過來，只見紙張背面在紫外線燈的照射下，出現了一幅用隱形墨水畫出的符咒！

「Gosh！不會真是鬼吧。」Daniel 心煩的收起了這張不知道該稱為畫像還是符咒的圖紙。

Ψ

「砒砒砒」老舊的門鎖被暴力持續的對待，床底下抱著小玩具熊的小女孩害怕的看著門口。

「砰！」房門猛然被推開，小女孩蜷曲到床底的最角落，整個人縮成了一團。

一個酒瓶伴隨著一雙腳進入，蹲在了床前。

「妹妹……妳怎麼不上床睡覺？是要我把妳拖出來嗎？」

男子酒醉含糊的咕囔著，小女孩驚恐的又往內緊靠，雙手緊緊的抱住了小玩具熊。

「學姊？學姊？」組員小曾輕輕地拍著劉奕臻的肩膀，想叫醒她。

「你幹嘛？！」劉奕臻猛然醒來做出攻擊動作，嚇了對方一跳。

「啊，是我是我啊……學姊！學姊，快放手！」小曾感覺自己的手腕就快要脫臼了，她非常痛苦的喊道。

「啊！抱歉抱歉！沒事吧？」劉奕臻趕緊鬆手，只見小曾不停甩動右手，一臉疼痛難耐。

「沒事吧？對不起！」劉奕臻起身關心著小曾。

「沒關係，學姐，妳還好嗎……嗯，這是昨晚電腦裡面的資料。」小曾皺著眉把資料遞給了劉奕臻，剛才這一下確實有點過頭了。

「結果怎麼樣？」奕臻這才想起交待小曾的事，接過資料、一臉歉意的看著小曾。

「這臺電腦實在太老舊了，最後一次開機的時間是昨晚十二點二十四分。之後應該是使用中突然斷電了，導致硬碟嚴重壞軌，現在能救的有限，裡面硬碟的資料基本上都已經救不回來了。」

「等一下，妳說，最後一次開機是昨天晚上？」劉奕臻打斷小曾，小曾的話太令人詫異了。

「對啊。」小曾十分肯定的回答，讓劉奕臻陷入沈思。

「確定嗎？」

「沒錯啊，分析資料上寫得很清楚，不會有問題的。」小曾回答得十分肯定，這讓劉奕臻不得不重新思考整件案子。

如果這是真的，那麼現在就只剩下一種可能——那也可能會是自己最後一個需要拿到的證據。

「學姊？」小曾看著思考中的劉奕臻。

清晨的第一道陽光照進了警局，牆上神龕中的關公不動如山、威武如昔。

DAY 31

女鬼在荒野中慢慢聚成人形，張牙舞爪，面目猙獰的朝 Daniel 逼近，嚇得 Daniel 驚恐地躍下懸崖！

Daniel 睜開眼醒來，見桌上手機的時間再次顯示為凌晨 4：44 分，直接把手機摔到地上。重新坐定後，他抓起桌上阿銘畫的人像，瞧了瞧畫中的女子，再翻到背面，想起在夜店燈光下看到的符咒。

他重新拾起手機，找到 Ben 的簡訊，看著那位「王老師」的電話。

Ψ

鄉下一處民間道壇內香煙裊裊，偏僻的宮廟規模不大卻香火鼎盛。Daniel 看著老法師在宣紙上寫下了這幾個毛筆字：

是命終人，未得受生，在七七日內，念念之間。

老法師停筆，他看著Daniel說：

「七七的意思，就是人在往生之後，在49天之內，會得到自己這一生的總結，可能有好也有壞。所以這念念的意思，就是一念天堂、一念地獄，一念成佛、一念成魔。」

「可是我的夢，」Daniel見老法師還沒說完，只好先打住。

「剛剛你說，惡夢中的數字是從49開始往回數，對吧？」老法師開示。

「是的，兩個禮拜前還是49，今天已經跳到31了。」Daniel趕緊補充說明，深怕漏掉了哪一個細節。

「事出必有因，這數字要是逢七一變的話，只怕……」法師臉色凝重、憂慮的看著Daniel。

「只怕什麼？」

「只怕你在劫難逃啊。」

「什麼。」Daniel一下愣住了。

老法師嘆口氣，起身往後走去，抿著嘴的Daniel跟了上去喊住了法師，急著遞上那一張符咒的影本。

「大師，那這張符又是什麼意思？」

「你怎麼會有這個東西！」老法師大吃一驚。

「我在一張畫的背面偶然發現的。」

老法師皺著眉端詳符咒，最後嘆了口氣說：「這個叫『封頂咒』，是用來鎮壓厲鬼、冤魂用的，但是如果本身道行不深，或是被人給破符了，那麼當初施符咒的人，就會有報應。」

「你的意思是，這符很陰險嗎？」Daniel 有點摸不著頭緒。

「嗯。」法師點頭。

「大師，那你知道，有誰會畫這個符嗎？」

老法師聽到這句話，立即轉頭，一臉嚴肅地看著 Daniel。Daniel 見他表情不對，連忙解釋：「你誤會了，我沒有要下咒，我只是在調查，想要清楚這張符的來歷。」

老法師不說話，直接往後走，Daniel 又跟了上去，只見老法師走到法壇的燭臺前，把符咒高高舉起看著 Daniel 說：「這張符我是多少知道一點。前陣子聽說有個年輕人，欸，那個不怕死的少年仔，可能會更清楚這張符的作用。」

「那個人是誰？」

「凶穢消散，道炁常存、迴向功德、消此業障。」老法師片刻不耽擱，靠近燭火，點燃了封頂咒，符咒在高溫之下燒成灰燼。烈焰下的火光，照映著 Daniel 的臉。老法師喃喃低語：「諸惡莫作、天理有數、因果循環、報應不爽。」

Ψ

開車通往新北市新店區的路上，劉奕臻想起什麼事，轉頭問小姚：「小姚，你才二十三歲就要結婚啦？」女人對於身邊的熟人要結婚這件事總是想八卦一下，這也是關心的另一種表現。

「學姊，我只是訂婚啦，還不是結婚。」

「不是一樣嗎？」

小姚有點無奈，沒想到現在二十三歲結婚會成為了局裡的熱門話題。不過誰家上一兩代，不是從十八、九，了不起二十出頭，就開始傳宗接代了。

很快抵達目的地，兩人徘徊在阿銘老家外面的街道，四處打量著。

「你看那裏。」劉奕臻指著離阿銘家不遠處一棟樓房的二樓邊角，「這裡有監視器，過去問看看能不能拷貝影像檔案。另外那一家也有裝，問看看能不能拷貝，或至少讓我們列印一份影像。」劉奕臻指著附近幾臺電線杆上的監視器。

小姚看了一眼說：「學姊，他們這種都是用 DVR 的，影片檔案都有加密好嗎？」

「加密？你在警大不是念資訊系嗎？拷貝影像，這不難吧。」劉奕臻不以為然的打斷他。

「學姊，其實我大學是念的是『資訊管理學系』，專長是多媒體與視覺傳播。」小姚帶著一點糾正的口氣解釋。

「不是一樣嗎？好啦，總之你先過去問，有什麼問題，就讓局裡來處理。」劉奕臻打斷小姚的抱怨。

「說到這個，學姊妳有體驗過 VR 嗎？我正在研究這個東西，其實我在大學主攻的是這一塊，沒想到現在這麼流行。」小姚想讓劉奕臻知道自己的專長，滔滔不絕的說著，劉奕臻轉頭制止了他。

「好好好，你先去問監視器畫面。」

「好吧。」

「你先去處理，我進去這裡面看一看。」劉奕臻分配好任務後，直接走進阿銘的老家。眼前這棟房子門口，已經被警用黃色警戒的封鎖線層層圍住，小姚看了一眼鬼影幢幢的房子，再看一眼劉奕臻，「學姊不會有事吧？」搔搔頭轉身離開了警車。

劉奕臻則伸手拉起封鎖線，大動作的推開鐵門進去，「吱呀」聲響。劉奕臻看著眼前第二道虛掩的木門，再次推開。

DAY 30

劉奕臻再次進入屋內蒐證，這次她改由廚房的後門進入。屋外的陽光穿不透這間屋子，一股幽暗讓人感到窒息。儘管是大白天，屋內的氣氛依舊十分詭譎，客廳似乎有微微火光，劉奕臻把腰間槍套鈕扣撥開，緩步往前來到了客廳連接廚房的狹窄走道。

劉奕臻近看著桌上這些法術用具，原來中堂那兩支厚粗的電子長明燭，餘火仍存，正氣若游絲的閃動著，發出微弱的餘光，讓牆上猩紅的符令，以及桌上各式法器不時閃動明暗，給人一種神秘驚悚的感覺。

站在八仙桌前，劉奕臻突然墊高了自己腳跟，全身開始顫抖地抽搐著。

她看著中堂的符令，表情開始出現異狀，眼神也慢慢出現了變化。

突然一陣風吹進屋內，窗上符咒飄動，長明燭瞬間熄滅，八仙桌前的劉奕臻感應到一種不知名的逼近，她倏然睜大了眼睛。視線時而模糊，時而清晰，眼前接收到一片真實與混亂組合而成的強烈訊號。奕臻看到有個小女孩害怕的躲在床下，一雙粗壯的手接近了她——小女孩瞬間成為一個紅衣女子，伸出手以同樣的姿勢，狠狠掐住自己的脖子。

扶著桌子的劉奕臻，痛苦的張大嘴巴呼吸，她極度努力大喊，卻無聲無息，墊高的腳跟支撐不了全身重量而劇烈顫抖。只能設法看清楚眼前面孔模糊的紅衣女人，她的雙腳掙扎的離開地面，最後停止動作。

「啊……」

掙扎的雙腳懸空揮舞，最後垂下不動了。

Ψ

梵音淺唱、鐘鼓迴盪，宮廟內誦經聲繚繞四方，廟中的參拜者絡繹不絕。

Daniel 走進後殿，工作桌旁一個清秀俊美的年輕法師正在協助香客解籤詩。

「雖然是老生常談，但我還是要講一句，冤親債主，因果有償。人在做，天在看。大姐，妳叫妳的孩子，往後做事情之前，還是要多想一下好嗎？」年輕法師語畢，看了旁邊的 Daniel 一眼。

「謝謝小師父。」老婦人雙掌合十，誠摯地捧著紅包交給年輕法師。

「您慢走。」年輕法師送客之後，回頭看向 Daniel。

Daniel 看著法師走來，與自己四目相對，不知為何，Daniel 感覺那雙眼睛似曾相識。

「有什麼需要幫忙的嗎？」年輕法師客氣詢問。

「請問是張師父嗎？」

「是的，有什麼事找我嗎？」對方親切的笑著，Daniel 毫不猶豫的拿出「封頂咒」，慎重交給了年輕法師張皓宇。

「初次來拜訪您，主要是想請教張師父有沒有見過這種符？」

「封頂咒？你從哪裡拿來的？」年輕法師吃驚的問 Daniel。

Daniel 搖搖頭說：「這不重要，我問一下，這個符咒究竟是做什麼用？」

年輕法師看向 Daniel 身後，嘆口氣說：「做什麼用？它可以鎮壓住你背後的，那位。」

Daniel 一聽，猛然回頭，他掃視身後四周，尋找那個紅衣女人。卻看見年輕的張師父咧嘴一笑說：

「我開玩笑的，沒跟來吧！」

Daniel 勃然大怒，一把從年輕法師手上搶回封頂咒。

「我聽說你道行夠高，才專門趕過來！沒想到，你居然會開這種無聊的玩笑，我想我們沒什麼好說了。」

話一說完，Daniel 轉身就走。

「再見。」年輕法師收斂起笑容，看著怒氣沖沖的 Daniel 走出宮廟。

DAY 29

偵查組的印表機開始運轉，輸出一張又一張的紙。

劉奕臻捧著一疊資料逐張審視，最後找出一張還算清楚的可疑圖片，裡頭模糊的身影是位全身包裹得幾乎一絲不透的男子，穿著黑色帽T、戴著口罩的高個子？一個穿著帽T的高個子。

「有了。」她眉頭一皺看著櫃子上方供俸的關帝聖君，想起組長下午對自己說的話。

「妳的體質特別敏感，辦案過程中，要是發生什麼奇奇怪怪的事，我可擔當不起。」

「什麼奇奇怪怪的事？」

「妳自己想想吧，我也不多說了。」

奕臻回到現實，抿嘴看著散落桌面的資料，稍後她把所有東西有條不紊的收拾好裝袋。接著她思考了一下，特意撿幾件捧在手裡。只是她念頭一轉，又放下懷裡的文件，改撥一通電話，可惜電話並未接通。

奕臻有些煩躁的走出辦公室，看見走廊另一頭，組長拿著手機從辦公室往外走。她不以為意，回頭開門拿了一包資料袋就離開了。

「好的，我現在過去。」組長結束通話後，突然停下腳步，不發一語，遠遠的看著劉奕臻的背影消失。

DAY 28

打烊後的傳統市場，巷口為數不多的攤販也在陸續收拾攤位。

Daniel 拿著一杯美式咖啡來回踱步，就在他因不耐煩而頻頻看錶滑手機的時候，一輛紅牌重機的排氣聲響，從遠而近的靠過來。

Daniel 無奈的搖了搖頭，心想，小乖這傢伙！才交代他說要低調的見面，卻又以這樣高調的方式出現，真是夠了。

一路招搖的重機車，在他面前停了下來。

「嗨。」小乖熄火後一臉屌樣的看著 Daniel。

「有消息嗎？」Daniel 急切的問。

「不太好弄，上面挺關心這案子的。」小乖搖搖頭。

「為什麼？」

「你還問我為什麼？」小乖詫異的說。

「真的沒辦法嗎？」

「Daniel，那個阿銘真的是被你幹掉的噢？」小乖左右看看之後，脫掉安全帽，用精明的眼神盯著Daniel，認真向他確認。

「要是我幹掉的，我還需要他的資料幹什麼？」Daniel 沒好氣地回應。

「對啊，那你幹嘛調查他？」小乖一臉狐疑的看著他，非搞清楚 Daniel 的目的不可。

Daniel 有點無奈，畢竟有些話他真的不想說出來，但看起來似乎不太可能了。

「如果說，我的生死是取決於這個死掉的阿銘，你會相信嗎？」

「聽你放屁！」

「我說真的，信不信由你。」Daniel 態度明確。

小乖猶豫了一下，重新戴上了安全帽說：「好吧，再給我一點時間，我會跟你聯絡的，走囉。」

小乖說完發動機車離去，Daniel 搖搖頭，感嘆今天算是白跑一趟了，他也無奈的往市場出口走去。

「李家豪！」

一個聲音讓他回頭，下一秒一雙長腿擋住他的去路，原來是劉奕臻與小姚從後面追上他了。Daniel 停下腳步，疑惑的看著劉奕臻及小姚掏槍對著自己。

DAY 27

警局偵訊室裡，三個人圍著Daniel，桌上放著列印出來的監視器影像、阿銘的素描本、皮夾等證物。

Daniel看著桌上放著證物袋，以及一張自己站在路邊的照片，心想，那裡果然有監視器。

「李先生，前晚你為什麼去死者家，能不能說明一下。」組長率先開口。

「嗯？」

「你要不要解釋看看，這些照片是怎麼回事？」組長問完這句話，向後靠上了椅背。

「解釋這個？這是什麼。」Daniel看起來十分好奇。

「不要告訴我，你不知道他是誰。」奕臻難掩怒氣。

「好，我看看，是誰呢？」

「李家豪，你還裝！」劉奕臻不自覺提高音量，組長立刻笑著按了下她的肩膀，於是劉奕臻口氣稍緩，再問一次：「你為什麼去鍾田銘的家，又為什麼要打開他的電腦？」

「Sir，妳在說什麼啊？去誰家？我根本不知道！」面對劉奕臻的咄咄逼人，Daniel 也提高了音量。

「這個身高，也很難是別人吧。你為什麼去死者家？還有，他住處的電腦是不是你開的？」組長又問 Daniel 一次。

「這身高就是我嗎？拍到臉了嗎？」一臉不滿的 Daniel，作勢再看了一下照片。

「嘿，別生氣嘛，你的皮夾可不可以借我看看？」組長試圖打圓場。

「OK，可以。」Daniel 爽快的掏出皮夾。

Daniel 掏出皮夾遞給組長。組長一臉笑意地看著 Daniel 伸出手。倒是奕臻沉不住氣，直接舉起阿銘的素描本，激動的說：「這一本素描簿裡面，為什麼會少一張紙？」

「少了一張紙？哈，哈。」Daniel 覺得莫名其妙。

「請你說明一下。」

「什麼意思啊？」Daniel 被搞得一頭霧水。

「死者的這本素描本，為什麼會少了一張紙？」劉奕臻依然憤怒。

「咦？」Daniel 一貫裝傻。

「死者習慣不管畫什麼，畫得好或壞，他一張圖都不會撕掉！所以他擁有的每一本素描本裡面都是十六張紙，唯獨這一本，在你公司發現的這一本，竟然只有十四張，加上你給我的這張短髮女人，還是少了一張。這到底是為什麼？你究竟做了什麼？」

「就這樣啊。」Daniel 還是不承認，這時組長也把手上的皮夾還給他，Daniel 收下皮夾繼續說：「沒有啊，本來就這樣嘛，少一張能代表什麼？」

「代表你有問題。」劉奕臻手指著 Daniel 說。

「我？什麼問題？我很好，不是嗎？」

「李先生，我們希望你能坦白，不要對警方有所隱瞞。」組長再次出面壓制劉奕臻的脾氣，委婉的規勸 Daniel。

「隱瞞？隱瞞什麼？隱瞞對我有什麼好處嗎？」Daniel 態度堅定。

「案發那晚，我們在死者身上找不到他家裡的鑰匙，一個獨居的人，出門會不帶鑰匙嗎？」劉奕臻繼續控訴。

「誰都有忘記帶鑰匙的時候嘛。」

「你還不承認？」劉奕臻惱火的指著 Daniel。

「拜託，各位，犯案總是要講動機的不是嗎？我有動機來做這件事嗎？更何況你們現在這種做法，根本就是先射箭再畫靶，想陷人入罪！」Daniel 振振有詞地反駁。

Daniel 的這些話全說得合情合理。組長放下資料夾，苦惱的看著面前針鋒相對的兩人，思考該如何打破 Daniel 自圓其說的僵局。

「報告。」正巧外頭有組員敲門進來。

「怎麼樣？有沒有什麼結果。」組長把手上的資料夾推到一旁，起身詢問進來的女警與小曾。

小曾走到組長身邊，一臉歉意的搖搖頭，靠近組長耳邊壓低聲音說：「什麼都沒有找到。」

相對的這一端，劉奕臻與 Daniel 則豎起耳朵細聽他們的對話。

「連這套衣服都沒有？」劉奕臻似乎聽到不能接受的事，連忙拿起桌上的照片，急切的指著裡頭的監視器發問。

「都沒有。我們整個都翻過了。」

「公司？車上？這件衣服，還有這雙運動鞋都沒有？」劉奕臻繼續拿桌上其他列印出來的圖片逼問。

「沒有，他家真的沒有這些東西。」小曾還是搖頭。

「喂？你們去搜我家！」

Daniel 終於聽懂了，錯愕的他，快速回想自己在辦公室內戴著餵魚用的手套，撕掉素描本上的兩張圖，並翻開阿銘的皮夾抽出身分證抄下地址，他連手機都不信任，此外又趕在警方抵達前，打開阿銘的畫具箱的外層，取走一串鑰匙，這些過程是否有留下什麼把柄？直到聽見組長說話才回神。

「李先生，謝謝您的配合。」

「什麼鬼，誰配合了，誰准你們去我家了！誰準你們這麼做！」Daniel 劈頭一陣怒罵。

「你放心，我們有搜索票，所有程序都是合法的，也有全程錄影，特別是調查外國人的時候，我們會更加小心！雙方都不想惹事，不是嗎？」組長笑著安撫Daniel。

「李家豪！」劉奕臻看不慣Daniel的態度，正想開口訓他幾句。就看組長放下小曾遞來的新文件並轉身吩咐：

「小臻，妳出來一下。」

「我？」

「對，妳跟我出來一下。」組長知道劉奕臻不服，於是再以命令的口氣嚴肅的說一遍，同時也即離開偵訊室。

「你給我記住。」奕臻不死心，儘管手指Daniel開嗆，卻還是不得不馬上跟隨組長走到門外。

小曾也跟著奕臻離開偵訊室，組長看著她們後，說出自己內心的想法：「這傢伙要不是真無辜，就是有些什麼我們不知道的事。總之現在沒有直接證據，所有證物上也都沒有他的指紋。指紋不說，光是他交代的時間都很合理，我們一直找不到破綻。」

「是啊，在這種情況下，檢察官是不會同意我們扣押他的，了不起也就是限制出境。」小曾補充。

「可是組長，你不覺得他在強詞奪理嗎？要不然我們對他進行測謊。」奕臻激動的說，組長打斷奕臻說：

「測謊也要檢察官批准，況且他是外國人。」

「那現在怎麼辦？」小曾問。

「最多只能拘留他二十四小時，除了偵訊之外，也去找找看有沒有其他的證據可以補強，先這樣吧。」組長交代完先回偵訊室。

劉奕臻深吸了一口氣，準備再進入偵訊室，此時拿著牛皮紙袋的小姚跑來從後喊住了劉奕臻。

「學姊，學姊！這是嫌犯的資料。」

「嫌犯？李家豪？」

「是啊，你要趙哥找的資料已經拿到了！」

「好，辛苦你們了。」

劉奕臻向氣喘吁吁的小姚點了點頭，從小姚手上接過了牛皮紙袋，感覺是疊沉甸甸的資料，事情可能還有希望。

「太好了！」奕臻嘉許的拍拍小姚肩膀。

她改走去辦公室。回到座位，劉奕臻就迫不及待抽出信封袋內的文件，首先是一張當兵的男孩子半身照，劉奕臻皺起了眉頭，回到自己的辦公桌上翻出 Daniel 在警局的建檔照片相互比對。

「怎麼差這麼多？」奕臻簡直不敢相信。

Ψ

偵訊室內，Daniel 等得無聊。大約半小時前，就只有這位李組長問話，而且盡說些臺灣投資大環境的現況，再自己做些預測，也沒在問案。

「時間也晚了，回家比較危險，今晚就住這吧。」李組長微笑說道。

「有什麼理由拘留我。」

組長聽完，靠近說話：「這件事我沒跟警局的人說。我有個祕密證人，看見你去阿銘家啦。現在他正看著你呢。」

Daniel 轉身看向牆上的單面鏡，卻只看到自己的臉映在鏡子上。

Ψ

凌晨四點四十四分。

「鈴鈴……鈴鈴……」深夜的拘留室內，某處傳出細微的電話鈴響。

「媽低，誰的手機沒關啊？」管理員一臉不滿的東張西望，鈴聲持續傳來，讓他不得不放下手上的汽車雜誌，好找出音源關掉。

「奇怪，手機不是都關機了嗎！」負責收押室的管理員邊抱怨，邊不耐煩的打開證物保存櫃。

「幹，就是你啊。」管理員找到標明 Daniel Lee 的牛皮紙袋，持續發出手機鈴聲，在他拆開袋子準備拿出手機的時候，突然拘留室內 Daniel 發出了淒厲的慘叫聲，管理員嚇了一跳！

趕到拘留室柵欄前的管理員，卻見到 Daniel 用手指直接剮自己左手臂的肉，染血的指甲刻上數字 27 後，大字躺著像被釘在床上，眼睛直瞪天花板喘氣，全身有如電擊。

此時留守樓上辦公室的劉奕臻，正專注的翻閱 Daniel 年輕時的紙本資料，裡面有一張當兵留檔的男孩照片，今晚她已不可置信地幾次拿起了 Daniel 在警局留存的檔案照片相互比對。

「這張也差這麼多？真沒搞錯人嗎？」劉奕臻疑惑的比對著兩張照片。

突然辦公桌上的內線電話響起，劉奕臻看了一眼時鐘，上面顯示著凌晨四點四十五分，她皺眉的接起電話。一臉懷疑的說：

「喂？」

「哎呀！」管理員氣急敗壞的聲音傳出來：「小臻啊，那個美國人鬧房了！整個人好像中邪啦！現在是要怎麼辦？」

劉奕臻趕忙到拘留室，卻見 Daniel 已經醒來，茫然地看著自己手臂上的數字。

DAY 26

一早 Ben 將 Daniel 從拘留所中帶出。

「就說你們抓錯人了吧。」

臨走前在警局門口，劉奕臻再也忍不住內心的疑惑。

「為何你的樣子和以前完全不同？」不過她終究還是沒開口，只靜默看著李家豪，或者說 Daniel，上了一輛豪車，揚長而去。

「警局給他當飯店，還泊車。」李組長不以為然，「走吧，上工了。」

Ψ

屋內一片凌亂，回到家中一臉鬍渣、疲憊的 Daniel 坐在沙發上不發一語。

Ben焦慮地走來走去。

「這些警察，怎把你的房子搞這麼亂！」

「是我自己砸的。」

Ben看了Daniel一眼：「你被抓的時候為什麼不馬上通知我？咱不是哥們嗎！」

Daniel不說一句話。

「你……你懷疑我？」Ben終於停止走動，停下來瞪著Daniel。見到Daniel手上把玩Zippo，反覆開闔上蓋與打火機本身撞擊的金屬聲響，讓Ben更是火大，做為律師最痛恨的，就是與人溝通時，對方一副吊兒啷噹的態度。

「當初我們一起進ACC，併購了多少公司，你還說哪天公司若沒有我，你也不幹了。好了，你這下成了真正的嫌疑犯，還被人認為你精神有毛病！恭喜你啊！」

「Shut up！」手上的打火機停止了動作，Daniel本來想吼，想發洩怒氣，可是想到這一連串的事情，突然又像鬥敗的獅子，窩回沙發舔舐自己受傷的利爪。「我只是想一個人靜一靜。」

「算了，我先幫你向公司正式請個長假吧。」Ben歎聲氣，「我先走啦。」

Ψ

傍晚Daniel在家，獨自在客廳沙發坐了一會。這陣子他靜定沉思，生氣憤怒，反覆的循環。他也不想這樣，可是一切是如此不順利。事情要是能掌控在自己手上就好了。手機響起，是小乖來電。

「Daniel 晚上九點見面，老地方？」

「好。」Daniel 急忙再丟了句，「謝謝。」

Daniel 收起手機看著外面，遠處的天空一片陰晴不定。隨後他迫不及待地趕去老地方——無人的傳統市場內，Daniel 正四處張望，一隻手悄然拍了拍他的肩膀，Daniel 嚇了一跳的轉過身。

「嚇著你了？」成功捉弄 Daniel 的小乖咧嘴大笑。

「呿！有消息了？」

「嗯。」小乖拿出一張折疊幾層的 A4 紙，塞到 Daniel 手上。

「上面現在盯得很緊，我暫時就這只能給你這些了，你自己看著辦吧。」

「喂，喂。」

小乖停下腳步，轉頭看著 Daniel 用手勢做出了一個「And？」的詢問動作，他指著 Daniel。

「對了，聽說這傢伙也不是太乾淨。」小乖說完三步併兩步的離開。Daniel 一聽，連忙打開紙，原來是一份鍾田銘的戶籍資料與年表，Daniel 睜大眼睛一行行的看著，上面寫著原戶籍地址「新苗縣五同鄉大道村」的字樣。

「不會吧？」

Daniel 愣住了，他接著看下去，鍾田銘「配偶」那一欄標註「歿」，繼女張茜華則標註「失蹤」。

這個叫做張茜華的繼女，還找得到人嗎？看來，他必須再想想。

「張，茜……華？」

突然頭上的路燈瞬間熄滅，只剩下市場內土地公廟中那紅色微亮的光。

DAY 25

Daniel拿著電話邊走邊說。通過一扇豪華大門，他回到自家大樓的lobby，大樓管理員示意Daniel收信，但Daniel並不理睬他。

「我知道了，妳說沒有就沒有了，不是嗎？我還好，沒那個意思。」進電梯之後聲音漸漸消失。Daniel回到家中，簡單梳洗一番就睡了。

凌晨窗外城市的夜景一覽無遺，然而一臉鬍渣的Daniel再度驚醒。Daniel在家中躍起、憤怒，時而沮喪的拍打窗戶，連窗外的城市彷彿為之震動。他主動打了越洋電話：

「媽，我知道我是因為當時快死了，所以你們才把我送出國去急救，但是如果妳現在不告訴我真相，我也會死！」Daniel腦中同時閃過從高處往下墜，以及在手術室內接受急救與進行臉部整型的畫面，這些畫面不時點綴著醫療器材運轉的聲音。

「為什麼？二十年前到底發生了什麼事，你們不願意說，那總可以告訴我、我們的老家在哪裡？我自己去查！」

「小豪，你先冷靜。」

「不可能，我都快被搞死了，妳還要我冷靜。」

「小豪先聽我說。」

「夠了，至少告訴我，老家到底在那裡好嗎？」

「『新苗縣』你知道的，在五同鄉大道村。」

DAY 24

歌劇院般挑高的圖書館內，聚集一群渴望知識的人們。

各式各樣的人來這裡查詢需要的資料，以往花上一整天才能找到的文件現在只需要彈指之間。Daniel 進入二樓閱覽室的舊報刊區，掌指飛快，熟稔地在關鍵字欄位鍵入「李家豪」，0.01 秒後顯示出一千多條的資料。他將鼠標移至重複檢索的欄位加上「新苗縣五同鄉」，Daniel 吞下口水，檢索的結果讓他神經緊繃，選擇「全部」並按下列印鍵。雷射印表機輸出檢索資料的館藏地點，Daniel 按圖索驥在圖書館內查找所需的資料。

正午，窗外影子都躲在正下方。Daniel 申請調閱一批二十年前的報紙。等候領件的時間，他觀察身邊來來往往的人，有的人想從這浩瀚的紀錄中擷取到什麼答案吧，有的人卻只想消磨沒事幹的下午。沒想到最積極和最慵懶的人群，竟聚集在同一的空間中。

「李先生，這是你調閱的資料。」櫃檯的館員遞出一疊文件，Daniel 接過影本看著上面斗大的標題。

「God !」刊物的內容讓他低聲驚呼。

失足？意外？謀殺？新苗縣富商獨子李家豪天橋跌落高速公路慘遭撞擊！父愛無價，富商不惜包機緊急送李家豪出國救治，國內專家表示救活機率不大。

這段文字刺激了 Daniel，在 0.01 秒內透過視神經元衝進他腦部的海馬體，那打開的記憶已經無法再次闔上，他猛然想起了響亮的嬰兒哭聲，迎面撲上來的陰影，一陣強烈的電流斷訊，自己在墜落，煞車聲與喇叭聲響衝撞傳來！

「Fuck !」

Daniel 用力捶著桌面，連思緒都打結了，先設法冷靜。原本他已經拿出手機打算拍照留存，卻又覺得手機無法信任，改利用一旁的影印機複印資料，隨後歸還原件，離開座位。

光是想起這些畫面，還不足以解開問題。到底這些畫面代表什麼意義？背後是一個怎樣完整的故事？換言之，二十年前他到底經歷過什麼？Daniel 想著想著，走過一排書架，瞥見書架另一頭有位紅衣女子突然走過。

Daniel 趕緊追上，終於一手搭住紅衣女子肩膀，但對方轉身卻只是一名抱著書的陌生年輕女子。

「有事嗎？」女子看著他。

這時書架的另一端走道，竟又看到那位紅衣女子走過。Daniel急忙追過去。不小心推倒了整排書架，巨響在圖書館內回蕩，所有人都看著他。

DAY 23

新的霧面黑色字體招牌似乎讓 ＡＣＣ 大樓的質感，又增高了一階。

Allen 正在主持一個會議。一臉鬍渣、充滿怒氣的 Daniel 撞開門發出巨響，眾人轉頭看著憤怒的 Daniel。

「Daniel？」Allen 感到驚訝，問道：「誰讓你進來的？去把警衛叫過來。」

「你對 Ben 做了什麼？」Daniel 朝著 Allen 咆哮。

Allen 冷笑，心想 Ben 早該為他做的選擇付出代價，不過就算他要找人哭訴，可能也找錯了對象吧？

「噢，ＡＣＣ 需要更好的法顧，更好的律師，就這麼簡單！」

Allen 不屑的看了 Daniel 一眼，掩不住鄙視。

藉故發揮也好、替人出頭也好，Daniel 忍無可忍的衝向 Allen 出拳：「你這個渾蛋！」

「別這樣，住手！」幾個同事趕緊攔住他，後面進來的警衛更是全副武裝的衝上前，一把抱住Daniel，不讓他靠近副總。

Allen 一臉笑意地看著咬牙切齒、對自己莫可奈何的 Daniel 說：「別搞不清楚狀況，呿。」

「夠了！放開我！」Daniel 掙扎的大喊，所有警衛停下動作，Daniel 整理了自己的衣領，壓下怒氣。他給了一個 Allen 你會後悔的眼神，轉身走時，卻發現原本自己付費重金打造的魚缸，已被搬移到這間會議室，而裡面游著一堆腦包的金波羅魚。Daniel 完全愣住了，他指著魚缸問：

「紅龍呢？」

「那條魚又大又難養。沒有人餵，當然就死了，你自己幾天沒進公司了？」Allen 沒好氣的吩咐警衛，「快把他帶出去吧，他要是不走，或是再鬧下去，就直接報警！」兩名警衛馬上壓制住 Daniel。

「不要碰我，我自己會走。」

Daniel 再次甩開警衛，在眾人的注視下走出了會議室。Allen 指著外面，對所有與會者說：「你們知道什麼是 Loser 嗎？這就是 Loser。他怎麼還不離開公司？我們繼續開會。剛才我說到哪了？」

「最後查理駁回 Allen 的提案，還稱讚我這幾年做得不錯。但 Allen 真夠蠢的，他推薦給查理的法顧公司，竟然告過我們 ACC，當下被查理訓了一頓。」Ben 開心地說，「所以我就繼續在公司囉。哈，你也會關心我啊。」

Ben 看 Daniel 又恢復先前的沉默。

「Daniel，我感覺你快崩潰了。」Ben 問，「還剩幾天？」

Daniel 拉起袖子，手臂上一團漆黑，上面的數字因為重疊，來回擦拭已經無法清楚辨析。Daniel 眼神空洞的嘆氣，喃喃自語的說：「應該還剩下二十多天吧？亂了，完全亂了，有時候我都分不清什麼是現實，什麼是夢境了。」

Ben 有點可憐這眼前的 Daniel，幾周前還是個叱咤一方的高富帥，現在卻變成一個滿臉鬍渣、兩頰深陷、眼神無助的落魄傢伙，不禁又勸說：「要不要去看一下心理醫生?之前我 Lover 說，有位姓金的醫師是業界中的 Top One。」

「心理醫生都是狗屎。」Daniel 不客氣拒絕。

「這不一樣，金醫師不隨便看診，我之前掛號過，她真的是業界最棒的。」

「夠了!」Daniel 失去耐心。

「Daniel，我認真的說一次。」Ben 語重心長說：「你最好別這麼想，先去做個精神鑒定吧，這叫有備無患，你別忘記自己刑案纏身呢。」這的確是 Ben 的心裡話，站在律師的立場，他對 Daniel 提出了建言。

Daniel 看著他半晌，幽幽開口問：「連你也認為是我殺了阿銘?」

「當然不是，但這裡的警察和檢察官，全部是認真的，你感覺不出來嗎?他們真把你當做嫌疑犯，懂不懂啊?你就去看看醫生嘛，至少先試著解決每晚惡夢的問題。你會比較好睡。」Ben 急得站起來解釋。

「我認為，」Daniel 表情有點動搖。

「就去吧。你就別鐵齒了!」Ben 打斷 Daniel 的話，堅持心理諮詢是 Daniel 目前僅剩的唯一選擇了。

Daniel 拉下袖子，右手再次用力的甩著打火機，「鏘」的一聲，一團紅藍的火苗在白鐵的護網上燃燒，Daniel 看著這跳動的火焰終於回神。他看著 Ben，又看著自己手臂上一團模糊的數字。

DAY 21

群山環繞之中，郊區頂級社區內，百戶獨立的別墅鱗次櫛比錯落在一大片綠意之中。附近人煙稀少，清幽寧靜。

Daniel將GT3跑車停在門口。「噹」一聲門鈴之後，大門開啟。走進屋內的Daniel，眼前出現一位留著浪漫金色長髮、年約三、四十歲的女子拿著花束站在吧檯前。

「妳就是金醫師？」

金醫師沒回應，繼續優雅地思考手邊的花材。

很快有名清秀的女助理從屋內走出來，迎接他到診療室。Daniel打量醫院內部，裡面陳設十分雅緻，確實貼合這個女人的品味。高級、舒適、格調的書房，正中央那一張太妃診療椅恰如其分地擺在最恰當的位置，但Daniel沒有在室內等待的意思，他走出房間，希望先與金醫師談談。

金醫師一直注意正在觀察環境並試圖向她搭話的Daniel。五分鐘後，只見她俐落的使用剪刀「喀擦」幾聲，帶葉的花莖與綠葉瞬間分離。終於，她放下手中的花材，回應這位初次見面的訪客。

「我是按照約定時間過來的，中間出了什麼問題嗎？」Daniel 意有所指，顯然覺得金醫師在耽誤自己的時間。

捧著新剪下的玫瑰入內，金醫師抬頭正眼看向 Daniel。Daniel 眼中的警戒未曾稍減，金醫師笑了一笑走向他說：

「這盆花是為您設計的。」

兩人坐在診間，「滴」一聲響，純淨的冰釀在圓弧造型的咖啡壺中化為一圈漣漪：「差不多了。」金醫師端著咖啡放到 Daniel 旁的小圓桌，請他坐在診療椅上：「坐吧。」

Daniel 坐下後卻腰背挺直，雙臂交叉，不願意往後靠。

「與其說是來看診，你更像來談判喔。」

典型的病患抗拒心理，金醫師心想。做為身心科醫師的她早已司空見慣，於是她翻開文件夾，核對一下之前通話的內容：

「惡夢並不罕見，但是這種連續性的惡夢，在臨床病例上就很少了。而這種連續性的惡夢，多半過去曾經受到過創傷，或是隱瞞了什麼不可告人的過去？」

Daniel 不說話地看著金醫師。然而金醫師不以為意的繼續說：「我想，這會不會是一種誘發型的潛意識狀態？」

「誘發型？」Daniel 脫口而出。

「對，我判斷是如此。可能是你近期的壓力，或偶發的事件，造成這段長期被壓抑的潛意識，蠢蠢欲動起來。」金醫師開始向他解釋，她的表情似乎想挖掘 Daniel 的什麼。初步討論之後，她決定為 Daniel 進行一次催眠，得另外安排時間。Danie 走出診療室，診所助理也打開電子行事曆。雙方正打算預約時間，Daniel 一想到今晚可能又做惡夢，便轉為要求：

「幫我告訴醫生，我希望現在就進行。」Daniel 一刻也不能等待。

「李先生，恐怕沒辦法……」

「效率！做任何事情，都應該講究效率。」

金醫師聽到聲音，走出診療室，示意助理讓 Daniel 進來。她打開電腦看方才的病例紀錄，思考一番後看著 Daniel。

「你要求今天，也好。」她讓 Daniel 躺下。

Daniel 聽金醫師說明治療過程，全身陷在舒適柔軟的榻上準備接受催眠。他眼睛望著天花板，耳邊傳來一旁金醫師的聲音。

「我應該不用再跟你解釋，為什麼這次的治療需要幫你催眠吧？」

「我知道，妳需要瞭解我。」

「我需要瞭解的不是你，是你的問題。」

「夠了，開始吧。」

螢幕上按下點播，輕柔的音樂與玫瑰花香在空間內飄盪。金醫師用筆輕輕推動了桌上一個造型精緻的紡錘鐘擺，紡錘開始規律的左右擺動……

「看這，注視這個紡錘，盡量放輕鬆。」

Daniel 緩緩閉上了眼睛。

「別閉眼，看這裡。」金醫師要求。

紡錘緩緩擺動，輕柔的音樂聲慢慢成為畫外音，治療室裡看到金醫師引導 Daniel 進入睡眠，Daniel 緩緩閉上了眼睛。睡著前，他似乎聽見有人在耳邊說，你知道人類是從什麼時候開始做夢的嗎？夢給了我們一個不同的高度，超越空間與肉體，更是不同的視覺與理解的交匯，恍若天堂與地獄，別管我們上下幾層空間，唯一相同的只有「回憶」。紡錘打碎了盒子釋放出黑暗。

Ψ

鄉下的產業道路上，高中的 Daniel 斜背著書包，騎著一臺偉士牌摩托車，後座女孩緊抱著他，極為親昵。兩人來到一間老四合院屋前，屋內三清鈴與銅鈸聲不斷，裡面正在做法事，看的出四合院是一間道壇。兩人站在紅色鐵門前，年輕的 Daniel 鬆開女孩的手，女孩害怕、遲疑的走回屋內。

雜亂訊號倏然出現：Daniel 看見自己正在當兵，他抹去汗水低頭迴避這該死的正午陽光。瞬間，烈陽又成了桌上的檯燈，中山室內 Daniel 在微光下偷偷摸的寫信。信紙上寫著：「妳忍耐一下，等我退伍，我們就自由了。愛妳的豪。」

Ψ

診療床上，Daniel 半闔的眼球正快速的運動著，金醫師猶豫的看著進入淺層催眠的 Daniel。她將手再次伸向紡錘。

Ψ

突然畫面再次轉換，黝黑平頭的 Daniel 包著黃埔大背包來到了四合院門口，他停下腳步的繞往屋後，想給女孩一個驚喜。

窗戶傳來低喘的聲音，這是哪來的？

家豪繞至後院，似乎是歡愛的聲響，喘息愈來愈清晰。他既好奇又困惑，放輕了腳步繞到屋後，從窗戶的空隙中往內窺視。

瞬間他全身的熱血洶湧上衝！

Ψ

眼前一陣暈眩，Daniel猙獰的睜開眼！

「哇，啊啊啊啊啊啊啊！」他驚恐大吼，聲音從身心科診所內，遠遠的穿透出去迴盪在頂級社區的別墅之間。

DAY 20

金醫師發現他的情況比想像中還要棘手和嚴重，治療力度如果沒拿捏好，甚至會因為催眠而醒不過來。

她觀察 Daniel 反覆睡了又醒，醒了又睡。

等他再次真正清醒，已經是隔日的凌晨四點四十四分。Daniel 醒來看著自己狼狽的坐在診所的椅子上，氣急敗壞的喊著「金醫生」！

「剛才你又驚醒了，是吧。」

金醫師出現，臉上不見任何疲態，與經過催眠驚醒的 Daniel 形成巨大反差。Daniel 這時才驚覺自己癲狂失態了，他看向鏡子，自己的衣服、髮型非常邋遢，表情也萬分疲憊。

「你反覆嚇醒、昏睡，這是第四次了。」遞上開水後，金醫師平靜的告訴他，整個催眠過程發生的事，最後嚴肅的問：「這些事你都沒印象嗎？」

「No。我想，這也許只是我的幻想或夢境，未必真的發生過。」

「恐怕沒有你想得簡單，如果你相信這是事實，那麼你可以實地走訪一次。」金醫師滑開平板，讓李家豪看螢幕上的地圖，她說：「我上網搜尋你在催眠時提到的地點、景物，全都位在新苗縣。」

「新苗縣？我確實讀過新苗縣的誌德高中，但那些年的事，都已經記不起來了。」Daniel 感到頭頂莫名的暈眩、沉重。

「你的家人呢？」金醫師問完，又說：「你的病歷上寫父母親都還在世，但你在診療時從未提過他們。發生這種事，你應該先與家人談談。」

Ψ

一早警局辦公室牆上的電視仍持續無聲地播放著，新聞臺不停報導各種暴力、恐嚇、謀殺、性侵、詐欺、車禍的消息，社會彷彿永遠瀰漫一股不平靜。此時警局也湧進了許多工作，刑警們各個在辦公室內忙碌穿梭。

劉奕臻正將鍾田銘的資料列檔成冊，組長走過來靠在她的桌子旁看著她。

「組長？」奕臻看到身邊出現一雙黑色皮鞋。

「奕臻啊，我想問妳一下。為什麼妳要調查鍾田銘？」組長拿起她桌上的檔案夾隨意翻開看看。

「我最近在想，應該調查死者與李家豪之間有沒有任何關聯，而且我覺得這個鍾田銘，好像沒有看起來那麼單純。」

「哦，怎麼說？」組長問。

「畢竟我去過他家，總覺得那裡有問題。他好像除了是我們警局的畫像師之外，還是一個法師。」

「法師，什麼意思？還是說，妳感應到什麼？」組長追問奕臻。

「沒有啊。」劉奕臻眼睛閃了一下，但李組長沒被說服，他緊盯劉奕臻的眼神充滿太多懷疑，甚至不太像她平日認識的組長。

「就我看來，這個案子不會再有什麼進展了。最近我想先把妳調去幫小曾他們。上次出勤圍捕的那個販毒集團，這件事得快點結案。」

「組長？你要我丟下這個case，為什麼？」奕臻不解。

「不是還有一個兩撇鬍子的沒抓到嗎？妳明天晚上就過去幫忙，哪有抓人在抓一半的。」組長說完就要離開。

「為什麼不讓我繼續調查這個案子？」奕臻起身質問。

「妳看，這社會那麼多骯髒齷齪事，多少事情等著我們處理。」組長指著電視上一則高官貪污新聞。

「但是，」

「這是在保護妳。」組長拍拍劉奕臻肩膀後離開。

DAY 19

夜店熱鬧非凡。

「咚…咚…咚…」的 bass 固定節拍中，夾雜著含糊不清，如同咒語的唱腔，讓舞池內所有的人都高舉著手，規律擺動，彷彿一致效忠著某種精神、魔力，一種集體迷幻。

「就是大啦！」骰盅把把開出的或然率，讓包廂內更是熱鬧。穿著打扮已然成了另一個人的劉奕臻放下酒杯，腳步不穩的從沙發起身往外走，一個打扮猥瑣的男人趕到門外，伸手拉住劉奕臻。

「妳要去哪裡，美女？」男子嬉皮笑臉的問。

「去個廁所。」劉奕臻打掉他的手，男子反而把劉奕臻拉近自己。

「手機拿出來，快點。守規矩。」

劉奕臻看了他一眼，就從口袋裡拿出手機遞給他，接著她搖搖晃晃地擠過人群，直直往廁所走去。

「阿雷？恁在看啥？」剛好出包廂找小弟叫酒的兩撇仔，遇到了熟識。

「看往那裡走去的妹啊。」

順著阿雷的眼光，兩撇仔往廁所看去，閃燈之下，只見劉奕臻隱約的身影，兩撇仔伸長脖子想要看得更清楚，阿雷笑呵呵地拉住他。

「免這樣看啦，等一下回來，介紹給你。」

「真假，水喔！」

「這摳只要再餵一點就搞定了。」阿雷炫耀的同時，將劉奕臻的手機扔進包廂外的一個盆栽裡。

「這個查某不會是粉鳥仔吧，怎麼感覺有點面熟。」兩撇仔懷疑的看著阿雷。

「哪有可能？用的這麼 high，戴帽子的誰敢這樣玩？」

「有道理。」

「好啦，別傻了！你這次要多少？」

「最少『七落』。」兩撇仔伸出手比了個五。

「五公斤喔？要這麼多？」

「這批不錯銷，大家快點賣一賣不是卡好？你想怎麼算？」兩撇仔點上菸，吐了一大口，完全無視一旁斗大的禁菸標誌。

「再說啦，先進來吧。」

阿雷招手要他進包廂，兩撇仔還是不放心，又往廁所方向看了一眼。

Ψ

劉奕臻搖搖晃晃的走進了化妝間，看上去很不舒服。她的手勉強扶著洗手台，暫時閉起眼睛，小曾從旁邊走過來低聲問道：

「學姐，還好嗎？」

劉奕臻表情有點異常，看似非常不舒服，讓穿著削肩緊身裙的小曾十分擔心。她不忘先檢查廁所內有沒有其他人，再走到洗手前，一邊化妝一邊問劉奕臻：「待會我跟學姊一起回包廂，好不好？」

「不用吧，我這裡差不多了。妳先過去會合，不然手機都被他們沒收了，小姚會不知道我們的消息。」劉奕臻還是垂著頭、緊閉著眼睛，剛才屋內那股強烈的塑膠K臭味，還是讓她感到一陣陣的噁心。

「學姊，這裡就留妳一個，不好吧？」小曾看奕臻似乎要吐了，趕快扶她一把，不放心再問：「學姐確定要一個人嗎？」

「別擔心，真的沒事，今天人這麼多，我頂多吐一下。這裡畢竟是公共場合，他們不敢對我怎樣。妳趕快下去，不要誤大事了，等他一上車就抓人。」劉奕臻打起精神。

「好，學姊千萬小心點。」小曾把粉餅收進包包，非常謹慎的走出洗手間。

霧面鏡子前，劉奕臻自己看著自己，深深嘆了一口氣。

夜店音樂轉成了嘻哈加饒舌混音，強烈的節奏感，讓地板和心跳同步隨之震動。中央舞池內，男男女女肆無忌憚的瘋狂搖擺，各種激情的動作在燈光閃爍的掩護下，反而帶有一種末日快感。

小曾前腳離開，劉奕臻後腳走出了洗手間。

突然有個人從暗處拉住她，吃了一驚的劉奕臻立刻反手擒拿，卻失敗了。等她定睛看到那個男人身上穿的帽T以及腳下穿的運動鞋，才不敢置信的大聲叫道：「李家豪！」

「嗯。」

「你！」劉奕臻上下審視，確認自己沒有看錯。

「妳知不知道妳在做什麼？」Daniel 冷酷的笑，眼裡掩不住鄙視。

「你真的去過阿銘家！」憤怒的奕臻迸出這句。

「對！我是去過，妳想知道真相對不對？但我告訴妳，我比妳、更、想、知、道、真相！」Daniel 咬牙切齒地說。

劉奕臻看著 Daniel。這個答案出乎她的意料，她怔怔的看著用黑帽T、口罩遮住半邊臉的 Daniel，心裡充滿困惑。

「傍晚六點，Moon Route，就妳一個。我等妳。」Daniel 鬆開了手。

「我不會跟兇手私下碰面，你要說，就去警局說！」奕臻死瞪著他。

「傍晚六點，Moon Route。」Daniel 再說一次，顯然劉奕臻對他的恫嚇完全無效，Daniel 說完轉身要走。劉奕臻想也沒想，一把抓住他。

「哼，妳就只有這點力氣？」奕臻沒想到Daniel一個反手，把她重重壓在牆上質問。下一秒，他才稍稍冷靜地甩開劉奕臻的手，快步離開了。

剩下劉奕臻一臉茫然。

Daniel拉開與劉奕臻的距離後，回頭打量著她。經過剛才的交手，他知道，現在的她不可能有進一步的逮捕動作，而劉奕臻也確實只能眼睜睜地看著Daniel拉高帽T下樓。

稍後，劉奕臻跌撞撞地往包廂走。

剛碰巧被出來上廁所的兩撇仔看見這一幕，儘管他不知道那個穿黑帽T的傢伙是誰，但他確實認出這名裝扮騷浪的女孩。

「恁娘咧。」兩撇仔低聲咒罵著，他如鼠輩般的身影，快步溜進了暗處。等劉奕臻獨自返回包廂時，裡面已空無一人。

「人呢？」

「大家都先撤了，大美女，再來一口？好嗎？」阿雷突然走近，繞到她身後，點起K煙，吸了一口再遞給她。

「不要了，我。」劉奕臻推開K菸。

「再一口嘛。」阿雷不死心，拿著菸靠上來。

「不要了，啊……啊！」劉奕臻慘叫了兩聲後，暈倒在沙發上，後方兩撇仔憤怒的握著吱吱作響的電擊棒。

「現在是怎樣，你在幹嘛啊？」阿雷錯愕地指責兩撇仔。

「快，快把桌面清一清！」兩撇仔說完，自己用手一揮把桌面上的酒瓶及雜物全掃落地面。

「這是幹什麼？」阿雷直覺不對。

「這摳是戴帽子的，阿樂就是被她抓去的！」藥頭兩撇仔不懷好意的看著攤倒在地的劉奕臻。

「你去門口顧好！」

阿雷沒有即時反應，愣在一旁看著兩撇仔。兩撇仔見了有氣，大罵：「恁娘咧，快去啦！等等輪到你。」說完，立刻將劉奕臻拖上桌面，一手使力掰開她的雙腿，一手鬆開自己的褲頭。而阿雷來到門邊站哨，不斷四下張望。

「不要！不要、不要，幹什麼！幹什麼！」劉奕臻突然醒來，惶恐大叫，無奈卻怎麼也使不上力推開，恍惚之間她哭喊著：「人呢，大家人呢？」

「要不要來一口，一起爽一下？」渾身酒氣的兩撇仔，粗糙的大掌暴躁地摸上她的臉頰，順手拿了手邊的雪茄靠近她的口鼻。

「快多吸幾口啊，還有力氣叫嘛！」

「不要了，不要了。」奕臻大手一揮，沒拍掉東西不說，反而吸入更多K菸。

「再來一口。」兩撇仔看著她已完全無法聚焦的眼睛，不斷興奮地向她的嘴角呼氣。

「不，不，不要了，求你。」劉奕臻的話還沒說完，就被不懷好意的兩撇仔拉高窄裙，就在這關鍵時刻，阿雷卻衝了進來說：

「樓下有服務生上來，要不要再等等。」

「等三小啦，你要先上，還是我先上？」兩撇仔真實不爽。

阿雷看了一眼奕臻，這好身材當什麼條子啊，立即挺硬起來。他推開吸毒吸到快「空」掉的兩撇仔喊道：

「換你去顧啦，別讓人過來！」阿雷搶先站到劉奕臻面前。

「幹！真的假的？」

「去啦！」阿雷使力推了兩撇仔一把，調整劉奕臻與自己的距離，直接扯破她的貼身衣物，一掌掰開她的大腿。

「你是誰？走開，滾，滾啊。」

劉奕臻無力的睜開眼，這是幻覺嗎？幻覺與回憶來回交錯，那個家中喝醉酒強暴她的，與現在要侵犯自己的這個傢伙。她揮舞著幾近癱軟的雙手，無力阻擋對方的侵犯。

「噢，這摳，真正的，夠騷。」阿雷用手擼管，淫邪的說：「不要？等等恁爸開始幹，妳就會要我不要停，不要停！」

「不要啊，走開！」劉奕臻盡全力掙扎，身體不斷扭動，雙腳懸踢，奮力想掙脫。此刻包廂上方轉動的玻璃球，閃光燈強烈明暗的閃爍，劉奕臻幻覺不斷，她看見那有著模糊臉孔的紅衣女子與流淚的小女孩，正面無表情的看著她。

劉奕臻出手要推開，卻又心悸攤軟，像拉住阿雷一樣。阿雷看著劉奕臻這樣死命掙扎，更是開心到極點，興奮且粗暴的扒開她最後一層破絲襪。

「住手！啊，住……」

奕臻身嘶力竭，掙扎的手突然碰觸到一個冰涼的圓柱，那是被仍在地上的香檳。阿雷彎下腰貼著奕臻，想多啃幾下她半露的酥胸，劉奕臻趁機抓起瓶子，重重敲擊向他的後腦勺，阿雷慘叫，儘管玻璃四濺，卻無力阻止什麼，阿雷如喪屍般一把扯掉奕臻礙事的內褲。

「恁娘咧！欠罵，欠栽培啦！」憤怒的阿雷撐開劉奕臻的兩條腿，就聽到負責守門的兩撇仔慘叫，他猛一轉身還沒會過意，只見一個拳頭已經招呼上自己的鼻梁！原來 Daniel 揍完兩撇仔，走過去一把拉起了阿雷，對著他就是五記重拳，阿雷一下沒了聲。

兩撇仔摀著血流不止的腦袋起身，模糊的看著阿雷被 Daniel 狂揍，趕忙出去搬救兵。

Daniel 也殺紅眼，他回過神來，看著不斷發抖的劉奕臻。

「沒事吧？」

「唔……」劉奕臻臉色蒼白，聲音像要哭了。

「該死，混帳。」Daniel 脫掉外套，抱起劉奕臻往外走。

「Daniel，怎麼回事？」趕過來的小乖與保全，全部驚訝地看著這一幕。

「強暴加販毒，你看著辦吧。」Daniel 憤怒的對小乖說，他抱著劉奕臻匆匆離開包廂，小乖看現場滿目瘡痍，從口袋中拿出戒指虎戴上後，指揮著幾個小弟，「媽的！」他氣憤難平地快速交代：「十分鐘後再報警，這段時間，別讓任何人進來！」

一群打手彼此互望，他們知道，老大這下肯定是氣瘋了，這兩個該死的毒蟲，糟蹋了他們的店。

包廂燈光再度亮起，阿雷搖搖擺擺摀著臉想求援，卻看見走進包廂的小乖目露兇光，小乖手上那個金屬閃閃發亮的戒指虎，旋即招呼在阿雷身上。隨後包廂內的哭嚎引來關切，小乖手下都心照不宣。隨後二樓音樂的音量突然躁動起來，淹沒了兩個毒蟲瀕死的叫喊。

DAY 18

醫院病房內，劉奕臻突然睜開眼睛，一旁照顧她的護士正調整點滴。

「妳醒啦，有沒有不舒服的地方？」

「現在幾點了？」

「還好嗎？」李組長帶一名女社工走了過來。「奕臻，妳想多睡一會兒嗎？」

「不用了。」劉奕臻搖頭。

「對了，我們要做一些必要的保護程序，妳知道的。」

「不用了，他沒有得逞，現場有人可以作證。」

女社工看向組長，組長連忙點頭說：「沒錯，她還差點用酒瓶把對方給打死了，這點不用問了。」

護士過來要抽血，組長讓到一旁。

劉奕臻配合地伸出右手，面無表情的看著醫院標準的天花板。稍後，穿著病服的劉奕臻，坐在診間配合醫生問診。

「目前各項檢查都沒有問題，電擊棒也沒有對妳造成傷害。只是，妳的檢驗報告，多項毒品呈陽性反應。我先幫妳報職業傷害，那邊會幫助妳。」接著，女醫生專心鍵入一串文字。

「醫師，請問我可以出院嗎？」劉奕臻看向醫生，事實上是看著她背後的時鐘，顯示下午3：30分。

「待會好好休息一下，明天就可以辦出院了。」

Ψ

浴室傳出洗澡聲，電視新聞播報的聲光閃爍在單人病房。

臺北市警方昨晚破獲一個流竄於各大夜店、KTV與聲色場所的販毒集團，一舉逮捕毒販六人，起出K他命、毒咖啡與各式新型毒品共計八十公斤，市價超過八千萬元……

新聞的播報聲隨著花灑的位置時有時無的傳進浴室。

水沿著頸部流下，奕臻洗著澡，任由水淋濕自己往身體深處流淌，新聞播報的聲音漸漸模糊淡出，她先專注的看著自己的指甲，逐漸失焦。

Ψ

「砰！砰砰砰！」

十五年前的夏天，有個穿著連身裙的小女孩睜大眼睛聽著外面的聲響，躲在床下的她看著門把劇烈搖晃，稍後一個拿著米酒瓶的男人蹲了下來對她微笑，接著是數年的惡夢。

Ψ

思緒回到當下，奕臻背對著花灑，任由水柱沖刷自己，一面不斷用力搓洗指縫卻徒勞無功，刷著指甲縫的牙刷，愈刷愈快，她憤恨將牙刷折成兩半，丟到了一邊。突然她用力拍打牆壁痛哭出來，一半是憤怒、一半是對社會的恨。

水流聲停止了。浴室鏡中的她一臉喪氣，原以為早已擺脫的那種痛苦，卻沒想到自己依然如此脆弱。看著躺在垃圾桶裡的牙刷殘骸，奕臻感到前所未有的沮喪，命運再次撕裂更深層的疼痛，擊潰她全部的信心。

「呼……」她深深地吸吐了一口氣，渴望情緒重新平靜下來。

牆上的時鐘指著下午 5：50，已然偏西的陽光在城市留下了整片陰影，髮尾未乾、站在窗邊的劉奕臻看著這城市慢慢地亮起了燈光。

不知經過多久，奕臻下定一個決心。

DAY 17

城市的頂級餐廳 Moon Route。

這裡的精緻與隱密是許多政商名流的最愛，也就成為協商要事的最佳場所，畢竟有些事情總是見不了光。檯面上的敵人，也許是檯面下的伙伴。今晚 Daniel 就坐在視野最棒的位置，看著三十七層底下的燈火片片。

輕巧的女性腳步聲走向他。

「李先生，你的朋友到了。」劉奕臻在帶位員的引領下來到桌邊，Daniel 起身點頭。

「請坐。」帶位員拉開座位。

「謝謝。」穿扮素雅的劉奕臻坐定後，帶位員即致意離開。

「妳終於來了。有好點嗎？」

昨晚是Daniel護送她到醫院。劉奕臻看著他沒有立刻回答，Daniel看她臉色還略帶蒼白，便主動關心：「今晚想吃點什麼？」

「不用了。」

「先喝點什麼吧，妳的臉色不太好看。」Daniel親自遞上菜單。

「我喝水就行了。」劉奕臻搖頭看著桌上水杯，把Daniel送來的菜單放在一旁，兩人對望久久不語。

「一個小時。我以為妳不會來了。」Daniel打破沉默。

「你到底想要告訴我什麼？」奕臻的嘴角乾澀，但她沒有因此喝一口水。

「妳指哪一件事？」Daniel看著她。

「你昨天穿的外套與鞋子。」這是她來赴約的唯一理由。

「我要不那樣穿，今天妳不會出現。」Daniel語氣凝重。

「李家豪，你究竟想告訴我什麼？」劉奕臻不想繼續猜他的動機，她現在只想知道事情的真相。

Daniel挑了挑眉：「把我的東西拿過來。」服務員禮貌走了進來。

「李先生，這是您的東西。」

「謝謝。麻煩你們先離開包廂。」李家豪從服務員那邊收下一份牛皮紙袋，遞給劉奕臻：「我要說的都在這裡面。原本擔心妳又突然逮捕我，才這麼安排。」

劉奕臻打開信封，拿出裡面的幾件東西。

「有一份是關於我的新聞報導，再加上鍾田銘的資料，以及一張紅衣女子的手繪肖像。」他見劉奕臻仔細看著這疊資料，才放心說：「我認為，我和這個鍾田銘之間存在某種關係。」Daniel 指著鍾田銘的資料。

「什麼意思？」

「至於到底有什麼關係，必須找到這張圖上的女孩。」

「這張圖？」

「這是死者那晚畫的。」

「是鍾田銘的素描！」劉奕臻太驚訝了。

「我確實對你們隱瞞了一些事情。不過現在看來，這個決定是正確的。」Daniel 非常謹慎，他繼續推敲：「真正的兇手也應該跟這張圖畫中女孩有關。」

劉奕臻不解的看著 Daniel，不過她當初的推斷果然是對的，Daniel 確實對警方隱瞞了一些最核心的重要的線索。

「為什麼隱瞞？」奕臻不以為然。

「妳手上這些鍾田銘的資料，就來自於你們刑事組內部。」Daniel 指了指那份文件，自己則俯視下方的北市警局大樓。

「不可能，這倒底是？」劉奕臻不敢相信的看著警局流出的資料，上頭確實印有警方專用的印鑑和檔案編號。Daniel 盯著劉奕臻的臉，不放過她臉部任何細微表情。

「這怎麼可能。」劉奕臻不敢置信地瞪著Daniel。

「妳能不能幫我找出她。」

「誰?」

「圖畫中那名女孩，張茜華。」

「你要找鍾田銘的養女，為什麼?」劉奕臻抽出更多資料閱讀，接著又說:「我必須先回局裡查出，鍾田銘的資料是誰外流的。」

「找時間陪我去看一個人。」Daniel提議。

DAY 16

窗邊的盆栽依舊鮮綠。

李組長一身黑西裝，正打著領帶，劉奕臻一旁等組長說話。

「還好妳沒事，沒想到那天會是李家豪救了妳，只是，怎麼這麼巧，剛好他就在那邊？」

「那傢伙天天到夜店把妹，不意外吧。」

「該怎麼說，夜店人來人往，何況，他怎麼會知道妳在哪個包廂？」

「碰巧經過吧，結果沒有把到正妹，反而救了一個老妹。」奕臻自嘲兩句。

「我還是覺得奇怪。」

「組長什麼時候變得這麼愛胡思亂想。我幫你吧。」奕臻見組長領帶打了半天沒打好，仍然歪七扭八，主動上前幫忙。組長無奈，把手放在兩側看著眼前的奕臻抓住領帶，重新比劃了一下長度，一邊打著領結，一邊開組長玩笑：「穿這麼帥，是參加誰的公祭？道上的大哥嗎？」

「還不是那些議員誰誰誰的長輩。緝毒結束後，局裡現在沒什麼事了，妳要不要休息幾天？」

「組長，你讓我在局裡做內勤吧，不然我在家裡更容易胡思亂想。」

組長想了一下，沒有第一時間答應。然而，沉默幾分鐘後，他還是點點頭說：「好吧，不過。」

「不過？」把領帶左右交纏，長面放在短面的上方。

「鍾田銘這件案子不要再碰了，我準備簽上去交給檢察官。知道嗎？」

劉奕臻停了一下，雙手繼續動作：「好的。」

「還有，小姚想標這期互助會。他準備結婚了，妳沒意見吧？」

「很好啊，恭喜小姚。」奕臻把領帶微微拉緊，大功告成。組長對著鏡子調整了一下領帶，露出滿意的表情。

「這領帶打得不錯。那妳把大家手上的 case 都給整理一下，辛苦了。」

劉奕臻點頭：「知道了。」

組長笑著離開了組長室，劉奕臻轉頭看著組長室牆上的大白板，工作進度表已經沒有鍾田銘這件案子了。

DAY 15

安養院外，寧靜的走廊有一位老先生坐輪椅，看向外頭的青色草地。

Daniel 帶一束白色鮮花，來到老先生面前說：「這是我爸，他最喜歡野薑花。」Daniel 蹲下身，將一束花送給老先生。

老先生看著花讚嘆：「真漂亮。」

「李伯伯妳好，我是……」劉奕臻有些苦惱，該怎麼自我介紹。

「不用介紹了，他連我都不記得了。」

「天氣涼了，伯伯需要加個外套嗎？」劉奕臻看老先生依舊穿戴整齊，雖然生病，仍然散發高雅氣質。

家豪推著父親輪椅回到病房，迎面而來的外籍看護，與 Daniel 和奕臻打招呼。

「李伯伯早，李先生早。」看護接過輪椅。

病房內的矮櫃上放了幾張照片，有 Daniel 童年的照片，高中個人照，劉奕臻還見到了 Daniel 在美國的全家福照。她眼神複雜看向 Daniel，只見 Daniel 看著自己的父親，三方都不知道要說什麼。

「看樣子，他什麼也不記得了。」劉奕臻低下身，將一張李家豪的高中獨照交到李父手中，卻見李父沒有任何反應。

「和我一樣都不記得了。」

「你真的是李家豪嗎？」劉奕臻脫口問。

「我自己也不知道。」Daniel 說，「所以才想帶你來，希望能有人能幫忙找到答案。」

「你還記得多少？」

「我媽說，當初只有我們母子住在新苗縣。等我受重傷，被送到國外醫治，才在美國的醫院第一次見到我爸。但因為臺灣的記憶都沒了，我以為他從小都跟我們生活在一起，一家人也因此在美國相處得特別融洽。」

「這些報導上都沒寫。」

「新聞沒報導的事情太多了。」Daniel 對父親說，「爸，我走了。」

李家豪上車後，問劉奕臻：「原本我猜測警局裡流出來的資料，是妳搞的鬼。」

「我，為什麼？」奕臻感到不可置信。

「買K啊。」

劉奕臻不想回答這沒意義的假設。她看向窗外，過一陣子說：「忘掉了有多好。」

Ψ

兩個小時後，Daniel與劉奕臻早已離開。

一名護士推著醫療器材進入李老先生的病房，只見滿地野薑花，以及他的手中一張揉爛的照片。

DAY 14

「我剩下的時間不多了。」

這是病人偶爾會突然冒出的話，不過看到竟然會有病人伸出左手臂，上面出現每天倒數的數字，這種急迫似乎更具體了。診療室內，坐姿優雅的金延欣，看著來回踱步、焦躁如籠中鳥獸的Daniel。

「我必須知道二十年前，在我身上究竟發生了什麼事，究竟我和這些人，是什麼關係！為什麼現在又來糾纏著我！金醫師，妳必須幫助我。」第二次會診，Daniel忍不住低吼。

「說實話，催眠療法不是萬能的。」

「那我還能做什麼？」

「現階段我不建議你再次接受這類治療，何況以你現在的情緒，這樣複雜的心理狀態，我真的幫不上忙。」金醫師端起咖啡杯。

「不對，Ben 說妳能做到，妳是業界中的 Number One !」Daniel 激動的拉高音量，不斷地試圖說服金醫師。

「Ben ？他是誰。」金醫師放下咖啡。

「妳這不是明知故問嗎？ Ben 是我的律師，是他介紹我來這裡的！」

「我不認識他。」金醫師說。

「金醫師，請妳一定要幫我查出這究竟是怎麼一回事！」

「李先生，我說過了，以你目前的心理狀態，我真的無法再多做些什麼。」

「這不可能，Ben 說妳可以！」

「No!」金醫師雙手交叉在胸前，嚴正拒絕 Daniel。

「我必須知道當初究竟是怎麼一回事！現在我是個嫌疑犯，妳務必幫我查出原因，擺脫這個嫌疑。」Daniel 向前繼續懇求。

金醫師看著他，在她看來，之前自己的一些建議可能被 Daniel 誤解了，這個時候她覺得有必要進一步說明，好好澄清：「就算我幫你做深層催眠，那也只是幫助你喚回一部分的記憶，對於洗刷你的罪名，一點幫助都沒有。催眠只能做為辦案的參考，不能當作證據，你明白嗎？」

「金醫師，妳看看這個，妳必須幫助我。」Daniel 口袋拿出一張 A4 紙攤開，「是一篇關於我的報導。」

「對不起，我無能為力。」

「醫生妳開個價，無論多少費用，我都願意負擔。」

本來接過報導的金醫師，還在思考有沒有其他可行的辦法，可是看 Daniel 那副態度，毫不猶豫的把報導還回去。她愛莫能助的看著 Daniel 說：「這從來就不是錢的問題，對不起，我真的幫不上忙。」

「這種生活，我早晚要發瘋！」Daniel 一拳揍壞了身邊要價不菲的小茶几。

金延欣依舊態度冷靜，同時她慢慢拉開辦公桌的一個抽屜。她從業以來始終提防著病患，這也是同行前輩的提醒。

「以你現在的狀態，我不可能幫你做深度治療。這是為你好，勉強這麼做，很可能對你造成永久的傷害。」

「事到如今還說這種話，妳根本在浪費我的時間！」Daniel 起身扣好西裝，一點轉圜的餘地也沒有了，他放棄溝通，把報導揉成一團砸到地上，怒氣衝衝地離開。金醫師起身目送他離開，皺起眉頭嘆了一口氣，最後再看一眼躺在抽屜內的那把別緻的手槍。

同一時間，一名年輕男子正背對 Daniel 在櫃臺與護士說話。

Ψ

深夜警局的辦公室，電視靜靜呈現黑屏，只剩劉奕臻一人。她關上桌燈，走到公用區使用一臺老舊的桌上型電腦，拿出Daniel給她的鍾田銘資料，仔細核對警局資料庫的檔案，發現完全吻合。

「果然是局裡的檔案，李家豪到底是哪弄來的？」

劉奕臻看向組長的辦公室。

她悄悄的進入組長辦公室，打開電腦，輸入警局共用的密碼搜尋相關檔案，果然螢幕跑出更多鍾田銘的資料。

正當劉奕臻想關掉組長電腦時，卻看到鍾田銘資料旁是ＡＣＣ的資料夾。

劉奕臻再打開，先看到ＡＣＣ總經理「查理」的資料，接著看到副總「Allen」的資料、法顧「Ben」的資料，最後瀏覽到執行長「Denial Lee」的資料：螢幕列出Daniel歷年在ＡＣＣ所進行的各項併購案，其中幾個案件疑似使用了非法手段，被組長一一用紅字標註。

DAY 13

高級日本料理店內，許多放置在冰塊上的魚等待宰殺。一頭金髮的女子坐在料理台前，正面欣賞一條活魚的死亡秀。

Ben進門，直接走到金醫師旁坐了下來。

「金醫師，好久不見，上次找治療完，心情好多了。」旁邊突然傳來聲音，金醫師轉頭看著身旁這個打扮斯文的男子。「今天金醫師好漂亮喔。」Ben主動開口問候。金醫師伸手，兩人如同姊妹般雙手緊握。

「以後有空，還是可以來聊聊。」

「金醫師待我們永遠都像朋友一樣，真窩心啊。」兩人一陣寒暄後，料理師傅陸續上菜。

「陳律師，今天見面是因為？」

「嗯。想問醫師，有位新的病人 Denial，他的狀況還好嗎？」
「你也認識 Denial ？」她十分詫異。
「是我介紹他到金醫師那的。」
金醫師才恍然大悟地說：「你就是 Ben ？」重新認識了這位病患。
「對，同事都這麼叫我。Denial 也是。」Ben 靦腆一笑。
她未馬上接話，筷子也幾乎停留了十秒。
「目前 Denial 的情緒波動太大了，我會試著協助他。不過，」金醫師看著 Ben，「很抱歉我不能再透露了。但你可以多告訴我 Denial 的事情讓我參考。知道他的過去嗎？對他的治療會有幫助。」
「我也不清楚……我是進 ACC 任職才認識 Denial 的。」Ben 遲疑了，他把話說得很慢，似乎是在考慮什麼。
「你認識他家人嗎？或者，女朋友？」
「不認識，只知道他沒有固定的女朋友。Denial 對我很好，像一位處處照顧我的大哥。我很擔心他，不知道他現在的問題，是不是很嚴重？」
「該怎麼說。」金延欣喝一口日本果酒：「我認為他的記憶層，有大片的空白，感覺像是整段被人拿掉了。當然，目前應該沒有人能做到這點，只是比喻。」兩人看著已經被掏空內部的魚，魚的嘴巴還微微的動作。

鮮魚區陳列了一床的魚缸，水裡頭其實就是一個等待死亡的集中營。雖然都是死，但還是有早晚之別。一條魚把頭伸出水面貪婪的呼吸著，突然一隻手如水鳥迅速俯衝，將牠騰空抓起。

「啪」一下聲響，刀背用力狠狠地拍暈了一條兩斤重的魚，只為讓牠死的時候不要有著那麼多痛苦與不明白。主廚調轉刀面，刀鋒熟練的剖開魚腹、挖出內臟後翻過魚身用刀面開始刮下鱗片。

「金醫師蠻會挑魚的嘛。」

「Ben 也懂得挑魚嗎？」金醫師禮貌性的微笑，同時不忘反問 Ben。

「噢，不懂，不過我看得出這條魚牠不想活了。」他話中有話：「要是牠當初選擇跟牠的夥伴一起游，不要自作聰明的話，可能不會落得如此下場吧？」

「你怎麼知道這條魚，不是自願被選上的？」

「有些魚就是喜愛自作聰明。」

一道生魚片料理上菜。金醫師優雅的點頭，一邊疑惑的回答 Ben 說：「關於或然率這個問題，可不是單純的選擇題，就像生與死，也不是簡單的二分法。」

「金醫師好幽默，我聽說，魚的記憶只有七秒。」Ben 轉頭看著金醫師，露出了笑容：「其實我真的很想知道，Daniel 還好嗎？」

「Daniel 不好嗎？」

「他有想起什麼事情？」

「你是律師，很清楚我不能透露病人的隱私吧？」金醫師警戒的看著他。

「妳誤會了，我只是想……」Ben 正想解釋，卻被金醫師打斷。

「與其問他想起什麼，還是不如說，你想知道什麼？」

Ben 愣住了，他沒想到金醫師會這麼的單刀直入。

「妳聽過『囚徒理論』嗎？」Ben 的笑臉轉為嚴肅。

「納許平衡，這是經濟學中一個重要理論的引申，講的是兩個罪犯之間的信任與猜疑。」金醫師說話的同時，也用銳利的眼神觀察他。Ben 知道金醫師察覺自己的異樣。他不再客氣，直接坦言：

「不愧是金醫師，如妳所言，囚徒？也許我是其中之一吧。」

「哦？所以另一個是 Daniel 了？」

Ben 冷笑著搖頭，目光也從主廚俐落的刀鋒，看向金醫師。「沒事了，金醫師慢慢吃，我先走了。」

金醫師點頭示意，疑惑地看著離開的 Ben。

DAY 12

殯儀館內景象，鍾田銘的遺照掛在靈堂中間。

李組長拈起一炷香祭拜，神情凝重。行禮完畢後轉身，卻見 Daniel 一身黑西裝、拿著一炷香站在自己背後。

「你也來了？」

「這人死在我的辦公室，今天火化，不論如何我應該過來上個香。」

「倒有心啊。」

「你呢？你跟他什麼關係？」

李組長挑眉，沒想到 Daniel 會反過來問自己。

「我跟阿銘認識二十年了。當初他來臺北討生活，路邊擺攤幫人作畫，也是我介紹他進警局當畫像師。今天再忙，都不能缺席。」

「你們警察還挺有情有義的。」Daniel 祭拜完把香插入香爐之中。

「正好有一件事告訴你，聽清楚了。」組長說完，毫無預警的上前一把拉住 Daniel，並壓低聲音說：

「你的案子這幾天要簽結了，等到這個案子結了以後，你就滾回你的美國去吧。」

「是嗎？但我還不想回去。」

「為什麼，這個案子不會再有什麼新證據進來，而且我也想趕快把這個案子給結了。」

「你們難道不想查出真兇？」Daniel 覺得莫名其妙。

「我幹警察這麼多年了，經驗告訴我，這個案件要再拖下去，肯定還有人要出事。」

「出事？」

「盡快回去吧。」

組長不願多說，留下 Daniel 一個人在原地百思不解。

DAY 11

太陽剛下山，劉奕臻站在警局窗前，看著眼前逐漸浮現的萬家燈火，玻璃卻反映出她心事重重的模樣。

稍早她在辦公室，從 Daniel 給他的牛皮紙袋裡翻出一張紙條，是鍾田銘的領據，簽印的收款人，是另一位陳姓畫師。她把收據拿起來端詳，上面事由寫著「新苗縣無名屍（女）繪圖費，檔案編號 F08600216」。

於是她來到警局的檔案室，撥開一層層灰塵，仔細查找上萬份筆錄檔案。這些陳舊的卷宗，有些早已破案，還死者公道；有些至今仍懸而未決，兇手依然逍遙法外。花了一個多小時，她才在塵封的鐵箱中找到這份編號 F08600216 的卷宗，趕緊地抽出檔案夾內的資料，仔細翻閱。老舊檔案主要是文字，此外裡頭附了幾張當年失蹤案的第一手照片。

當奕臻看到照片上那位女子生前的照片，以及遺體身穿的紅衣，整個人都愣住了。她表情嚴肅，甚至顫抖的拿出手機，仔細對著老舊檔案，逐張拍照。

組長電腦中的阿銘戶籍地址，正是新苗縣。

李家豪註銷國籍前的戶籍地址也確實在新苗縣。

李家豪父親安養院見到的半身照，他身穿新苗高中制服。

李家豪提供的，鍾田銘家電腦中的女子照片。

李家豪撕掉的那張素描圖畫上的女子。

新苗縣？無名女屍？紅衣女子？鍾田銘？李家豪——張茜華——

劉奕臻站在警局窗前，這些事她仍無法理出頭緒。腦中閃過那晚在 Moon Route 餐廳與 Daniel 見面的情景，隨手發了短訊，約 Daniel 盡快碰面。

Ψ

警局附近一處山岡的坡道旁。Daniel 剛到，把車子停好下車，只見劉奕臻獨自看向對面遠處的警局。

「晚上我常從警局望向這座山，都覺得這裡黑鴉鴉的一片很可怕，沒想到站在這裡看出去，夜景這麼漂亮。」

「妳說有找到一些照片？」Daniel 話剛說完，劉奕臻就拿出平板。

「你自己點開吧。是我新查到的資料。」

「無名女屍？」Daniel 放下飲料仔細看著這件二十年前的刑案。

「嗯，局裡的和鍾田銘相關的一份陳舊檔案。」

「張茜華嗎？」

「你說得沒錯，在你受傷被送往美國之後沒多久，鍾田銘的女兒，也就是他的繼女——張茜華也失蹤了。隔年鍾田銘離開了新苗縣，最後進入我們警局成為繪圖師。」

「她怎麼死的？」

「她是在灌溉用的大圳內被發現，地點離新苗縣的家不遠。由於大圳整修停水，水位下降期間，屍體才被發現，發現時只剩下紅衣與枯骨，最後就以無名女屍的方式處理。」劉奕臻指著平板中的那張圖。

「這名女屍與失蹤的張茜華之間有關聯嗎？」Daniel 隨即換另一個更明確的問法：「妳確定這無名女屍就是張茜華？」

「鍾田銘的親人死的死，失蹤的失蹤。唯一的繼女張茜華，失蹤時間是一九九八年，屍體被發現是二〇〇三年。因為長時間泡在水裡，沒辦法確認死亡時間，而且那幾年跳大圳自殺的女子也不少。」

「所以？可以驗 DNA 不是嗎？」

「你忘了嗎？張茜華是鍾田銘的繼女，兩人沒有血緣關係。警方也未找到能支持張茜華 DNA 鑑定的親人。」

「Fucking……」Daniel氣得咬牙，一把將飲料摔到地上。

「也就是，警方也一直無法確定她就是張茜華。就目前的資料顯示，警方只能說張茜華失蹤、而不是被害。」

Daniel緊盯著這件無名屍的連身紅衣，一邊聽到劉奕臻的說明，他腦中沒來由的閃過一些片段，一條清澈的大圳，一個橫在水邊被水草糾纏的女屍，岸邊一排灰綠參差的蘆葦隨風搖曳的畫面。

「你怎麼了？」劉奕臻看著Daniel目光閃爍。

Daniel稍稍平復，捲起袖子故作不經意的說：「我有跟妳提過，我每天做惡夢的事嗎？」

「沒提過。」

「夢裡她就穿這件紅衣。」接著說出讓劉奕臻更不敢置信的話：「而且幾乎長得跟張茜華一模一樣。」

DAY 10

凌晨四點四十四分，Daniel 再度驚醒，他使盡蠻力，想搓去自己手臂上的墨水痕跡。然而醒來後，他第一個想到的是劉奕臻。

「既然是不好的回憶，為什麼非要想起來不可？」

他想起昨晚劉奕臻開車下山前，驀然回首的臉，還有那句話。他嘆了一口氣，起身，一個人孤身站在窗前反覆思量。

紅衣女子真的是張茜華？為什麼會纏上自己？而且還是以做愛的方式。又為何鍾田銘會死在他的辦公室？和 ACC 內部有關嗎？

卸下公司副總之後，現在只是一位掛名的執行長，任何事都聽從 Allen，現在又捲入命案，何時被 Fried 掉都不知道，這也讓他完全不想去公司。不過現在他稍微能體會之前 Allen 的感受了。

Ψ

晚間北投郊區的知名山莊，金醫師拿起各色簽字筆站在窗邊思考。

大片玻璃窗上寫著李家豪、陳律師以及死者鍾田銘，養女張茜華等人的代號，彼此之間用著不同顏色的線條牽引著，人名與線條中間畫著一些大小不一的對話框，裡面寫著死亡、謀殺、PTSD、記憶消失、整形，最角落則貼著那張被 Daniel 捏爛的新聞報導。

正當金醫師繼續釐清人物關係的時候，電話聲響起了。

「院長，李家豪先生到了。」是櫃臺助理的聲音。

「好，請他進來。」

Daniel 一進門看見正在拉上窗簾的金醫生。

「找我什麼事？」Daniel 的態度已由之前的信任，轉為排斥。

金延欣轉過身對著他說：「我考慮過了，我還是幫你吧。」

「哦，為什麼？」

「好奇害死貓，我也想知道事實的真相。而且我覺得幫你找回之前的記憶，也許會對你有些幫助，不過做深層催眠之前，我想要先問一個問題。」

「妳說看看。」

「從你開始做這個夢到現在，除了我之外還有別人知道嗎？」

「有。」

「是家人嗎？」

「是Ben，我之前告訴妳的那位，是公司的法律顧問。問這個幹嘛？」Daniel不解的看著金醫師。

他並未說出劉奕臻。

「他最近有麼異狀嗎？」

「妳懷疑他？」

「當然。」

「這不關Ben的事。」

金醫師微笑說：「我說過，這是個誘發型的病因，也就是你必須不斷的接受到一些暗示，才可能反覆發作。而我現在，只是提出一項假設。」

Daniel正眼看著精明幹練的金醫師，理解她說的不無道理。

「他來找過妳？」

「是的。」金醫師點點頭。

「為什麼，他想幹嘛？」

「只是關心你。或者說，他很關心你是不是想起一些什麼？」

「妳跟他說了什麼！」Daniel 急切地問。

金醫師很清楚 Daniel 在意是什麼，她搖頭說：「保密，是做為一個醫生最基本的要求，我什麼都沒說。」

「我該去找 Ben 問個清楚嗎？」

「你可以自己決定。」金醫師說完雙手一攤，不置可否的說：「上次你說，你是驗收一個 VR 遊戲之後，開始頻繁做這個惡夢，沒錯吧？」

「對！我很肯定。」

「那天 Ben 有去嗎？」

「有，但他是在我之前去的。」

「好。總之，我們再做一次深層催眠，看能不能找出其他線索。如果你同意，就明天過來一趟。」

「妳不是說我的狀態不適合做深層催眠？」

「雖然我沒有十足的把握，但幫你找回之前的記憶，有助於你早日回到平時的生活。現階段看來，也沒有更適合的辦法了。先這樣吧，我下一位病患應該也快到了，大家都希望保有個人的隱私。」金醫師放下筆看著 Daniel，又說：「還在考慮嗎？可以的話我們約明晚七點吧，別遲到了。」

Ψ

Daniel走出別墅大門。

門闔上的時候，他透過隙縫看見吧檯後方酒櫃上擺著一個「Ψ」的希臘文銘刻，這是個心理學符號，但是那三叉戟的形狀讓他聯想到了地獄。

門「砰」一聲關閉。

Ψ

Daniel驅車離開金醫師診所。

這是一段長下坡的山路，山下遠處城市的燈火如同繁星點點，也因為這樣的景觀讓這條山路成了知名的夜景勝地。前方的綠燈轉為紅燈，思緒紛亂的Daniel，緊急煞車。而此時心事重重的他正想著Ben的事，完全沒發現後方有一臺車竟然跟蹤自己多時。

Daniel的車子重新發動，開往遊樂園。

Ψ

看著前方轉動的旋轉木馬，劉奕臻露出難得的微笑：「好久沒來遊樂園了，怎麼想在這裡談？」她不解的問Daniel。

「因為你們肯定不會來這裡辦案。」Daniel手中兩杯飲料，其一杯去冰可樂遞給劉奕臻，自己那一杯則放滿冰塊。

「謝謝。」奕臻接過飲料，問他：「你在看什麼？」

「我想不明白，妳這麼漂亮的女孩子為什麼會去當警察？」

「想忘掉一些事吧。」Daniel 的話將奕臻拉回到現實，她接著說：「我不是來跟你談心事的。事情有什麼突破嗎？」

「沒有。那妳呢，妳這邊有進展嗎？」

「組長不讓我碰這案子了。」

「真該死。」Daniel 咒罵一聲，劉奕臻看著生氣、失落的 Daniel。

「你呢，不是有找專業人士諮詢嗎？」

Daniel 放下飲料：「心理醫師懷疑我的律師 Ben，妳見過的，她覺得 Ben 好像有些問題。」Daniel 不再猶豫，畢竟兩人現在都想把這案子查個水落石出，沒什麼好對劉奕臻隱瞞的。

「為什麼？」劉奕臻感到詫異。

Daniel 的杯子只剩冰塊：「我有告訴妳我手臂的事情嗎？」

「你的手，怎麼了嗎？」劉奕臻不解的看著 Daniel。

Daniel 把袖子捲起來，左手臂上寫著數字「10」，整個左手臂傷痕累累，看得劉奕臻倒抽一口氣：

「這是？」

「倒數，很難解釋，但這是所有問題的根源所在。」他眼神中帶著憤怒與焦躁。

劉奕臻說不出話，不自覺的伸手觸碰了 Daniel 寫有數字的手臂，最後更將整個手掌貼上去，久久未放手。這是他惡夢以來，第一次有人這麼溫柔地觸碰他。劉奕臻疑惑且不捨的看著 Daniel，前方旋轉木馬持續旋轉。兩人都沒有注意到暗處有雙眼睛盯著他們。

晚間八點，劉奕臻和 Daniel 在遊樂園門口道別。園內一隻又一隻木馬，一圈又一圈地眨著大眼睛，透露一絲詭異。稍後，Daniel 獨自開車回家，迎面而來的機車將 GT 3的側面刮出一道傷痕，看來跑車得送廠烤漆了，Daniel 撥電話給 Ben。

「某個該死的傢伙刮了我的車，你幫我處理吧！」

DAY 9

樹上烏鴉探頭張望，一臺白色轎車在山路上由遠而近駛了過來。車子繼續沿蜿蜒的山路向上，途中幾條充滿綠意的小徑令人心曠神怡，金醫師沒有分神欣賞，正與同業醫師 Jonny 通電話。

「延欣，根據妳剛才的描述，妳有沒有考慮過，這個病人很可能被人給催眠了？」電話另頭傳來男子的聲音。

「原本我也這麼想，可是目前看來，似乎不太可能。那需要非常頂尖的……」金醫師不斷思考 Daniel 這個棘手的個案，突然她發出：「Jonny! 啊，啊！」寧靜的山路被一道轎車急剎的聲音劃破。

就在小坪頂的高爾夫球場附近，一名身著西裝卻顯邋遢的男子突然從山路旁的小徑竄了出來，這個傢伙是？陳律師？只見男子無畏的站在路中央，害金醫師尖叫連連。

「喂，延欣！怎麼了，出了什麼事嗎？」Jonny 關心說。

「我沒事。」重重踩下煞車的金醫師驚魂未定，她心有餘悸地看著失魂落魄的Ben，朝自己走來。

「嚇我一跳。真的沒事嗎？」

「嗯，我遇到一位朋友。先掛了，到球場再聯絡。」

「OK，等妳。」

Ψ

Ben輕敲著駕駛座的車窗：「金醫師，金醫師。」

金醫師想了想，放下部分車窗。

看著金醫師放下車窗，Ben異常禮貌的詢問：「金醫師，方便下車聊一下嗎？」

剛受到驚嚇的金醫師，第一時間默不做聲。敏銳的Ben看出她不太願意，立刻垮下臉，萬分沮喪的哀求：

「金醫師，拜託，我真的很需要跟妳談一下，一下就好。」

「這裡不是醫院。」金醫師果斷搖頭，準備重新發動車子。但她直覺Ben精神出了狀況，有些心軟，猶豫再三後，還是把車窗玻璃放下：

「到底有什麼事？」

「金醫師，求妳救救我。」

「不然，明天你來我的診所，我們可以談談。」金醫師看了他一眼。

「我們現在就談，好不好？」Ben 拒絕金醫師的提議，反而低聲要求說：「我不會占用妳太多時間的。」

「好吧。」金延欣勉強答應。

「謝謝妳，金醫師。」Ben 恢復往日的語調。

金醫師動作俐落地把車靠邊停好。下車前，她判斷 Ben 情況似乎還不算太糟，應不至於耽誤太多時間。

金醫師下車，兩人並肩走在山路上。

「我和現任男友交往一個月，就知道他是我的 Ture Love。」

「你結婚了？」金醫師注意到 Ben 指尖的戒子。

「我的婚事吹了。其實我們一直相處得很好。沒想到，他昨晚竟然跟我提分手。現在，我該怎麼辦？」Ben 一臉失落。

「這種事，你應該先找朋友聊聊，怎麼會是找我呢？」金醫師不覺得事情有那麼簡單。

「朋友？我還有朋友嗎？」Ben 忽然變得歇斯底里。

金醫師停下腳步、提高了戒心，她袋子裡有罐噴霧。但首要的是她必須盡快讓 Ben 起伏的情緒安定下來。很快的又聽 Ben 哭喊著說：

「現在連 Daniel 都不接我電話了，為什麼！」

「Daniel ？他怎麼了嗎？」

「他怎麼了！我問妳，妳到底對 Daniel 講了什麼？他為什麼不接我電話，為什麼！」Ben 發瘋似的緊抓住金醫師的手，害金醫師嚇一跳。

「你冷靜一點，先放開我。Daniel 今晚會到診所，不然我們當面問他好嗎？」

「我就知道是妳。」

「你在說什麼？」

Ben 猶豫了一下，鬆開了抓住金醫師的手。金醫師趕緊趁機跑上車子。隨後趕到的 Ben 用雙臂重擊車門，「啊！」金醫師又驚叫一聲。只見 Ben 又突然返回車頭，靠在保險桿上直接擋住她的去路。

「你這是幹嘛啊？」金醫師脫口而出。

Ben 再度走向駕駛座，用力敲打玻璃，金醫師立刻踩下油門。

跑在她車後的 Ben，很快就連金醫師的車尾都看不見了。追不上金醫師的 Ben 不復兇狠，只是氣喘吁吁的對著車喊：

「金醫師，別忘了晚上見噢。」

Ψ

突然後面傳來車聲，Ben 回頭看，露出放鬆的微笑。只是近身的車子並沒有減速，Ben 的表情轉為驚愕，緊接著撞擊聲與淒厲的尖叫聲傳來。

幽靜的山谷中出現這樣巨大的撞擊與慘叫，原本站立枝椏的聒噪烏鴉受到驚嚇倏然高飛，地上 Ben 血流滿面，動也不動的躺著。

Ψ

一輛車的行車記錄器正對著金醫師診所的大門，鏡頭下 Daniel 停好賓士 S400 進入診所。這次診所內的金醫師已經準備好，立刻為他進行深度催眠。

Daniel 躺在太妃椅上，頭愈來愈沉，陷入熟睡。

Ψ

高瘦的李家豪與穿著相同高中制服的清秀女孩，正在小溪旁玩水。

黃昏，騎著摩托車的李家豪與後座的女孩說笑。

過往的記憶如溪水般流動，Daniel 逐一想起，愈來愈多二十年前的事情：

入伍當兵的李家豪，頂著烈日接受新兵操練的情景。

每個夜晚李家豪在燈下寫信，表情甜蜜、踏實。

數個月後，李家豪退伍，黝黑平頭的他來到了四合院門口，奇怪的是，每當他停下腳步，就似乎聽到什麼奇怪的聲音，於是他繞到四合院後面從窗戶往內窺視。床上兩個人正在做愛，女孩一面被擺布，一面流淚的抬頭看他。

裡頭的男子驚覺外面有些動靜，立刻轉過頭望向窗外，發現後院有人的男子馬上推開女人，隨手抓起牆角的鐵棒，再悄悄推開那道通往屋後的木門。

記憶倏換：

廢廟之中，女孩沒有表情與他面對面。

一陣嬰兒哭聲傳出，李家豪衝出破廟，眼眶泛紅的女孩用全身力量拖著他。只是她哀求的聲音，他根本聽不清楚。

雜訊感更加強烈、場景也不斷轉換：

站在一座高架橋上，感覺後面有東西靠過來。他轉身看著一個黑影撲向自己，又是一陣強烈的電流斷訊，可怕的墜落感，無止盡地往下掉，直到耳邊傳來了緊急煞車聲與「砰」的撞擊聲響！

Ψ

Daniel 醒來，逐漸睜開眼。竟是李組長賞他左右兩記耳光，一旁還有劉奕臻等眾多刑警。這時 Daniel 極虛弱的看向周圍，恍惚間只見金醫師仰倒在一旁的椅子上，似乎是她的眉心中彈，鮮血流淌一地。

過於震驚的 Daniel，把剛剛好不容易記起的夢境，全都忘記了。

警員小姚不斷朝 Daniel 拍照，一名鑑識人員則從 Daniel 手中取下一把槍。

DAY 8

指示牌與刺鼻的藥水味指明了太平間的位置，腳步匆匆的劉奕臻與一臉鐵青的組長走出電梯，緊跟在後的小姚一面報告，一面趕路，與小曾各自抱著一個大型資料箱，上氣不接下氣。

「根據死者身上的烤漆，只知道是一臺紅色的車。」

「小姚，你叫雄哥他們去沿路的商店問一問，別忘了調調看有沒有監視畫面。」

「知道了。」

「還有叫小曾他們去沿路的商店問一問有沒有目擊者！」

「好。」

「現在馬上去辦。」

Daniel 臉色慘白的被銬在停屍間外面的椅子上，醫務人員陸續推進兩具蓋上白布的屍體。

一把火的組長走上前，捲起袖子指著他大罵。

「李家豪！你這個人就是『帶屎』，叫你滾回美國去你不肯，好了，這下一共死了三個人，現在你也別想回去了！奕臻，把他帶回組裡去！媽的！」

「是。」

「你這個渾蛋！」組長罵完把拿在手上的報紙丟在李家豪身上，組長再怒氣衝衝地，陪同法醫走進了停屍間。

同一時間，報紙頭條正是ＡＣＣ執行長李家豪涉嫌槍殺自己的心理醫生金延欣，以及ＡＣＣ首席律師Ben被撞死的報導，記者也指涉是李家豪所為。

「李家豪。」劉奕臻走上前看著低下頭的Daniel。

「為什麼不直接殺了我……」Daniel用雙手掩住臉：「他是我最好的朋友……」

「走吧。」這個時候，劉奕臻也不知道該說什麼，她眼中有著一絲惻隱與一種確定的想法。

Ψ

警局偵訊室裡，Daniel接受偵訊。

「說話啊，一問三不知是什麼意思。」李組長盛怒踹翻椅子。

李組長繞室內一圈，走回Daniel面前，雙手撐在他面前說：「不說話？現在可好了，連你的律師都死了，沒人幫你的忙，你就老實去監獄裡蹲吧。」

「組長，楊檢察官來了。」小姚敲門。

「嗯？」組長一出偵訊室，就見楊檢察官帶著ACC總經理查理，以及一群律師走進警局。

金髮碧眼的查理親切地向警局的同仁們打招呼：「我是Daniel的上司，聽說他闖禍了，但我想這之間一定有什麼誤會，能否先讓我把他帶回去？」在場的警員無不稱讚他的中文說得流利。唯有李組長突然說了一句：

「見面可以，帶回去，不可能。」

「李組長，交保的事由我來處理，你就先把人放了吧。」楊檢察官表態。

「嫌犯身上背了三條人命，怎麼能說放就放。」

「李組長不必擔心，這些我們都懂，我特別帶了幾名律師來協助你，結果一定能讓所有人滿意。」楊檢察官進一步用眼神示意，但組長完全不為所動。

正當雙方相持不下，劉奕臻從偵訊室帶出Daniel，並當著眾人的面為Daniel解銬，這時Daniel仍深陷迷惘。

組長吼道：「劉奕臻！妳在幹什麼！」

「放他走，真兇才會出現。」

奕臻才剛鬆手，查理的律師們馬上上前帶走Daniel。

Ψ

十二人座的長型餐桌前，Daniel 對著筆記型電腦，一臉呆滯的看著關於自己涉嫌殺人的新聞報導。

回溯幾個小時前，走出警局門口，一堆閃光燈照得 Daniel 睜不開眼，啪擦啪擦的快門聲此起彼落。面對媒體這番大陣仗侍候，小姚也只能喊破喉嚨，對著將大門擠得水泄不通的媒體說：「不好意思！請讓讓，大家讓一下，謝謝！」而等待已久的記者們自然不理會小姚，紛紛把握機會對嫌疑人拋出一連串問題：

「李先生，你跟兩位死者之間是什麼關係？」

「這次與上一次警局繪圖師鍾田銘的死有關連嗎？」

「聽說 ACC 財團正在考慮你的去留，甚至不排除對你提出名譽傷害的訴訟。

「關於你捲入連環殺人案，是否與 ACC 多年來不道德的併購案有關？而遭到仇家報復？」

「聽說你的紅色跑車也不見了，是不是肇事車輛？」

「你準備逃回美國嗎？」

「為什麼要殺人？」

「請你說幾句話，李先生？李先生！」

李家豪依舊不語，好不容易搭上 ACC 準備的黑頭車離開。

Ψ

「叮咚」門鈴聲讓 Daniel 回過神，他看向大門，以為 Ben 沒死——他是他唯一的朋友了。Daniel 很快跑過去把門打開，卻發現來訪的是劉奕臻。

「我能進去嗎？」

Daniel 有些意外，但還是讓她進到屋內，倒了一杯水給她。接著 Daniel 走到餐桌前闔上嘈雜的電腦，兩人坐在餐桌前。

「你打算怎麼辦？」

「妳說呢？」Daniel 反問，他不清楚劉奕臻來家裡的目的。

「第一種方法，是你對檢察官毫無保留的把全部事實經過說一遍，然後警局這邊去找真正的兇手，不過這樣做可能會落實你的一些罪名，也許你會更難解釋。」

「這不可能。」Daniel 直接拒絕。

「另一種，就是根據手上現有的資料，我們一起想辦法找出真凶。」劉奕臻握緊水杯看著 Daniel，她是鼓足了勇氣才說出這幾句話。

「我們？」Daniel 不太理解這句話的意思。

「對！我們。」

「這樣可以嗎？」Daniel 愣住。

「我向局裡請了假，現在是我的私人時間。」劉奕臻看著 Daniel 說：「我這樣做這不是因為你救過我，我只是想讓她安息。」

「安息？什麼意思？」

劉奕臻決心向 Daniel 坦白，她緩緩開口說：

「其實，我之前有夢到她。」

「誰？張茜華？」

「在阿銘家裡，還有那間包廂裡，我都能感覺到她，還有她的痛苦，我也曾有過那種感覺。我和她都被最親近的人、應該保護我們的人給……」

Daniel 眼神複雜的看著劉奕臻，而她的眼眶早已泛紅：「你是想不起來，可是我……我為什麼都忘不掉……」她撇過頭抹掉眼淚

「劉奕臻。」

Daniel 用著理解的眼神看著她，不忍心地喊了她的名字。

DAY 7

熱燒痛的感覺愈來愈明顯，半夜 Daniel 再次驚醒。

他看著地上的 Zippo 打火機。手臂紅腫疼痛如同火焰燒過，散發焦臭味，少部分皮膚甚至被燒焦黑，他懷疑自己是不是真的剩下不到一週的生命。

「七天，剩七天。」恍惚間 Daniel 想起上個月那位老法師的話——那個《地藏經》關於七七四十九日的定數：

是命終人，未得受生，在七七日內，念念之間。

Daniel 再次來到這間私人道壇。找到那位有過一面之緣的老法師請教：

「大師，一個月來我連夜惡夢，夢境大致相同，最後驚醒的瞬間，更會看到一個倒數數字。我對這件事毫無辦法。」

「我記得你上次來問『封頂咒』，這次過來也是為了『封頂咒』？」

「最近我身邊的朋友，接二連三死於非命，我不知道是什麼緣故，這種情況會與『封頂咒』有關嗎？」

「人都死了？」老法師問完，看見Daniel激動地點頭，嘆口氣說：「想要知道地府的事，想見地府的人，就只能『觀落陰』了。」

「您說什麼？」Daniel不明白。

「凡是人都有元神，元神下得去，未必回得來。這種事你們年輕人不懂，也最好不要懂啦。」

「什麼是元神？鬼嗎？」

「比起『鬼』，稱作『靈』應該更合適。」

「大師，不是我不相信元神、靈魂，這些抽象的東西。我只是想知道有沒有更科學、更理性的方式，可以有效解決我現在遇到的問題。」

「地府，遠比你想像的具體多了。我這樣算來，你剩下的時間也不多了，如果你還有什麼想做的事，就趕快去完成吧。」

老法師說完，也不再理會Daniel。

DAY 6

唸經聲與哭喊聲彼此交織起落卻井然有序，人生最後一站盡是儀式。看著清一色制式的牌位，用黑色簽字筆寫著「陳榮賓」三個字。上牌位的第一天就前來殯儀館行奠的李組長，表情萬分凝重。

他身後有陣腳步聲接近，這最邊角的牌位應該不會有陌生人路過。

李組長轉身看見 Daniel，不開心的說：「又在靈堂碰面了。」

「我只有這一個朋友。」

組長見 Daniel 面向牌位，持香深深一拜，把香插入香爐。

「早警告你，還會有其他人出事。」

「兇手為什麼不衝著我來？」

Daniel 看組長從口袋中掏出了菸、自顧自地點起火，抽了一口。Daniel 轉身要離開，被組長吐了一口濃煙留步。

「讓喪家先過吧。」

「噹噹噹」三清鈴的聲音、道教咒語與竹枝綁著的招魂幡領頭走在一列哭哭啼啼的喪家隊伍之前。

Daniel 看著喪家隊伍走過面前。帶頭的法師，讓 Daniel 有些意外，那不就是曾在宮廟開自己玩笑的年輕法師嗎？唸著咒語的年輕法師，冷冷的瞟了他一眼，兩人錯身而過。

那雙眼睛，Daniel 腦海中閃過一雙熟悉的眼睛。

「鈴——」的聲響與震動將他拉回現實，Daniel 從口袋拿出手機。

DAY 5

沒想到今天那麼的累。

劉奕臻滿身疲憊地走進室內。她放下鑰匙看著眼前熟悉的空間，過去她從不把這裡視為家，可是此時，卻又覺得這裡是唯一可以容納自己的地方。

自從違背組長的命令私下繼續調查李家豪的案子開始，她陸續找到的檔案和照片，每個階段的新發現都令人驚訝。而她提供資料給 Daniel，並聽他說那些關於他手臂上詭異的數字、靈異般的惡夢，到底世界上還有什麼事情，是不可能發生的？

她站在窗前看著萬家燈火，玻璃反射出她的五官。她不知道同一時間，Daniel 也站在家中的落地窗前，望著窗外思考前天在他家見面的事。雖然相隔很遠，中間有無數座大樓，但兩人的眼神彷彿漸漸地對上了。

Ψ

「很晚了，讓我送妳回家吧。」

喇叭聲響起，對面車道切換的燈光提醒著駕駛不要分心，車都快越過車道了！Daniel 打正了方向盤，眼光始終沒離開車上電話。

「您的電話將轉進語音信箱。」早已習慣打給 Ben 的 Daniel 落寞地停下手，一旁劉奕臻問他：「為什麼你會懷疑 Ben？」。

「我開始做惡夢之後，Ben 幫我介紹過一些人，比如說死去的畫像師阿銘，後來又是一位老法師。」

「法師？」劉奕臻覺得不可思議。

「Ben 先介紹一位老法師，然後透過這老法師，又介紹給我另一位年輕、才二十出頭歲的小法師。」

「這麼年輕？能幫你找出答案嗎。」

「什麼幫助也沒有。」Daniel 搖頭。

幾臺夜遊的摩托車從旁邊呼嘯而過，Daniel 搖頭看著這一群男男女女，唸道：「這些孩子。」彼此追逐的摩托車尾燈在遠處彎道後消失，劉奕臻側身看著 Daniel。

「然後呢？」她很關心後續發展。

「之後 Ben 又介紹了這位金醫師給我，他們彼此看起來都沒什麼關聯，但是我卻隱約能感覺這些人似乎相互糾扯，我感覺到一種……」Daniel 一時找不到適當的形容詞。

「陷阱？一個讓你愈陷愈深的陷阱。」劉奕臻脫口而出，這似乎是形容當下情況，最貼切的詞了。

「對，就是陷阱。」這時 Daniel 車上測速器傳出播報聲響：「前方有測速照相，本路段限速四十公里，您已超速，請依規定速度行駛。」

「我會查出她是誰。」

陷阱確實無所不在，Daniel 踩下煞車減速，並看向劉奕臻的側臉說：「妳知道我為什麼想找出答案嗎？」劉奕臻凝視著 Daniel，認真地聽他把話說完：「我的人生因為這件事而完全改變，這包括我的臉、我的個性！我記憶中的前二十年是一片空白，甚至現在連我最好的朋友都死得莫名其妙，這就是我為什麼要知道事情的真相。妳明白嗎？」

前方不遠處的黃色閃光燈「啪啪啪」亮起，摩托車尾燈瞬間亮起急煞、但是已經徒勞無功，高速駛過的卡車，彷彿捕獲獵物的深海魚，一口吞沒小魚。

Ψ

對面辦公大樓的燈全滅了下去，光線的變化讓劉奕臻回到了現實。

「如果是不好的事情，為什麼一定要記得呢？」喃喃自語的劉奕臻，依然孤伶伶地站在窗前。

DAY 4

晚間ＡＣＣ副總 Allen 家的電鈴響起，小女孩興奮地開門。

一名頭戴棒球帽的外賣男子送來披薩，現金餐點兩訖，男子趁交易的空檔，打量了這戶人家，溫馨寬敞的室內十分舒適，有別屋外的悶熱與塵囂。

慶生開始，小女孩與母親齊聚客廳蛋糕前，家中聚集了許多鄰居朋友。

「媽咪，蠟燭都快熄了，爸比怎麼還不來？」

「那妳帶著這個，去叫爸比下來好不好？。」Allen 的妻子溫柔地開口。

Ψ

「Daddy，Happy Birthday !」

小女孩打開房門，想給父親驚喜，房內卻一片漆黑什麼也看不見。

「爸比？爸比？」小女孩墊腳尖打開電燈開關，燈一亮，卻看見爸爸 Allen 被勒死在房間內，舌頭拉長外翻，死狀奇慘。小女孩嚇壞了，腿軟坐在地上，她看向被打開的窗戶，李家豪正從窗外冷眼看著她。

Ψ

同一時間，Daniel 也約了劉奕臻到 Moon Route 晚餐。

「這是我很喜歡的餐廳，可惜上次沒能一起好好吃頓飯。」

「上次是我的問題。」

「別這麼說。」

「你今天應該，不只是請我吃飯吧？」

「嗯，其實我明天有個計畫。」

DAY 3

一早 Daniel 看著窗戶外面嬉鬧的學生。

「你對這裡有印象嗎？」劉奕臻手握教務主任的名片，問了一旁看向窗外的 Daniel。

「完全沒有。」Daniel 轉頭苦笑，但另有件事他總想確認一次：「對了，剛才那位主任，說你們局裡有這裡的畢業生？是誰啊？」

劉奕臻聳聳肩：「不知道，而且他也只說好像有？」

「嗯。」

「久等了。」腳步聲響靠近，吳主任拿來了一九九六年誌德高中的畢業紀念冊放在兩人面前，接著把畢業紀念冊攤開。

「不好意思，我們學校之前淹水過幾次，還好有找到。」

「這是？」Daniel 迫不及待翻開紀念冊。

「李先生，你那時候在三年十一班。」吳主任熱心說完，起身給劉奕臻搬來一把椅子說：「你們慢慢看，我在對面的辦公室，有任何事隨時都可以喊我。」

Ψ

「啊，這裡。」Daniel 說，在畢業紀念冊三年十一班的首頁，馬上看見當年李家豪的個人照。劉奕臻只看一眼，便有感而發的說：

「變化真大，你真的是 Daniel ？」。

Daniel 點了點頭，接著又搖頭，劉奕臻笑得有些無奈。她繼續翻閱畢業紀念冊，Daniel 專注的看著一排排女孩子的照片，憑著夢境，以及催眠翻出的剩餘記憶，稍後在三年十一班的另一頁發現當年張茜華的半身照。Daniel 拿出素描肖像與張茜華的照片進行對比。

「應該就是她。」他終於確認夢中那名紅衣女孩就是張茜華。

兩人互看了一眼。奕臻靠近，仔細研究張茜華的照片與阿銘素描的女子，兩者外表差異不大，不過一位是短髮的學生頭，一位已略有女人的韻味。劉奕臻似乎想到什麼，她拿出筆記，直接翻到畢業冊的最後一頁，沒想到卻沒有她要找的東西，於是再跑向對面的辦公室。

「吳主任，請問一下，張茜華家的地址還在嗎？」

知了的叫聲間歇的彼此起落，白天的山窪中又是一番景色，高聳的檳榔樹、一畦一畦的水田，典型的臺灣農村風光。

Ψ

賓士車停在大道村外的碎石路上，兩人邊走邊撥開比人還高的茅草，直到看見前方有間外觀保存尚好，但是裡頭幾乎垮掉的四合院。「這就是阿銘和張茜華的家嗎……」劉奕臻回頭問 Daniel，是否對這個地方有印象？

Daniel 一手撫著額頭，感到一陣噁心。

「還好吧？」奕臻上前詢問，這時他們已經走到四合院的中庭。

閉上眼，Daniel 看見了更多畫面，就在這間四合院前年輕的他與張茜華分開，他捨不得的看著張茜華入內。

「你要進屋內看看嗎？」劉奕臻見他狀況不好。

「不了。這裡都坍塌成這樣，也有股酸臭味，真讓人不舒服。」Daniel 搖搖頭，一刻也不能等的說：「我們快走吧。」

兩人走回四合院落的紅色鐵門前：

「剛剛，有想起什麼嗎？」

站在鐵門外的劉奕臻轉頭看著後方走較慢的Daniel，卻見Daniel眼神渙散，彷彿要暈過去。這時Daniel回想起，那日被金醫師喚醒的記憶：

一雙纖細漂亮的手關上了紅色鐵門，青澀的女孩在門口戀戀不捨的與自己分開，屋內傳來的三清鈴與銅鈸的聲響，後面一片混亂的訊號。

Ψ

劉奕臻看見Daniel倒下前手掌忽然用力緊握鐵門。她趕緊上前扶他：「你還好吧。」

「我沒事，我們走吧。」

Daniel逐漸恢復精神，然後跨步就離開了。劉奕臻看著Daniel的背影，再回望一眼四合院，中庭倒落腐朽的巨大香爐、崩塌的屋頂、樹上吊掛著已成絲縷的各色絲帶，盡是符咒，突然不寒而慄。劉奕臻抿起了嘴，闔上紅色鐵門，快步地離開這個地方。

DAY 2

Daniel經過一夜休息，氣色明顯好轉。兩人隔日再訪新苗縣調查，卻碰上大雨。雨過天晴，車輪卡死在路面與水溝蓋間的縫隙。奕臻不得不將車停下。兩人一前一後下車，沿著高架橋邊的人行道走到橋中央。

「只剩下這裡了。」

劉奕臻與Daniel倚著橋上欄杆，一起俯視下方的高速公路。

「橋的兩邊都是這麼高的鐵網，我不太可能從這裡『下去』吧。」

「也許二十年前並未架起高網。」

看著橋下的車流，兩人陷入沉默，案情似乎來到一個僵局。時間不知道經過多久，劉奕臻忽然開口問Daniel：「還是沒有想起什麼嗎？這裡就是那篇報導中，李家豪受重傷的地點。」

這時背對欄杆的 Daniel 轉身，再次看往高架橋下的柏油路面。劉奕臻見他不說話，繼續說：「很多病患都會回到創傷的事發地點，希望能夠想起什麼，或是找到一些相關的訊號。」

明明待在奕臻身邊的 Daniel，雖然眼睛看著奕臻聽她說話，但事實上有些分神。他感覺她說話的聲音忽遠忽近，慢慢的一切聲響都變成像是回音一般的背景。突然 Daniel 開始覺得不舒服，緊接著不知怎麼的，眼睛變得無法對焦。Daniel 看著橋下想嘔吐，他感覺世界開始旋轉，暈眩了起來。他有一種失重的感覺，彷彿自己正從橋上失足墜落，一陣強烈的電流斷訊，臉部還沒觸及地底，耳尖就傳來巨大的煞車聲。

Daniel 像驚醒一樣，痛楚與害怕同時襲來，奇怪的是，他腦海閃過一間廢廟。在那裡，他與張茜華面對面，周圍持續旋轉，四面八方不斷傳來嬰兒的哭聲，直到有一個人影莫名地撲向他！Daniel 感到一陣暈眩，伸手卻扶不住欄杆，一個踉蹌，幾乎要跌倒在地，嚇得劉奕臻趕緊上前抱住他。

「李家豪！還好嗎，是不是想起什麼了？」劉奕臻看他不停冒冷汗，雙眼無法聚焦，連個話也說不出來。

「我應該是，被某個人丟下去的。」他一回神，身邊已物是人非。

「你過來，先靠著車吧。」

「一間廢廟，在那邊。」Daniel 喘息著，指著比兩人視線盡頭更遠的方向說：「那裡有一間廟！」眼神中甚至帶著難以理解的恐懼。

Ψ

賓士在蜿蜒的山路前進，車內的兩人心事重重。除了導航主動提醒駕駛，誰也沒開口。未來，證據可能將不斷出現，但為何兩人心中的不安感覺也愈來愈強烈了？可以感覺到步步逼近真相的同時，也伴隨著致命的危險，他們為彼此擔心，絲毫沒即將破案的喜悅。

為什麼？為什麼，愈接近真相愈令人感到恐懼，甚至頭皮一股發麻。

正午奕臻照樣開車趕路，突然山林間大片雲霧遮住了車子。終於奕臻把車停了下來。兩人下車望向前方，一座金碧輝煌的宮廟。

「是這裡嗎？」

奕臻剛問完，就又自言自語地說：「根據當年發現女屍的地方往上游走，只有這間廟，附近確實只有這了。」

Daniel 看著前方，心裡也無法確定。

「我們先進去問問吧。」

劉奕臻與 Daniel 看著彼此肯定的點了頭。

Ψ

「如果一切能在這兒有個結果，那就再好不過了。」Daniel 往前看去。體質敏感的劉奕臻抬頭仰觀宏偉的宮廟，內心似乎褪去了一層陰霾。香煙嫋繞，法像莊嚴，卻因地處偏遠，只有他們兩位香客。

進入正殿的奕臻逐漸感到踏實，她手持三炷香拜拜。站在一旁的 Daniel 看著她誠心祈禱、口中虔誠的唸禱著，不禁好奇：「妳現在是求早日找到破案線索？還是早日能找到張茜華？」

「不是一樣的嗎？」奕臻說話的同時，Daniel 看著她，也有樣學樣的雙手合十。

「拜拜，具體來說，只是一種心理上的自我安慰。」Daniel 很快打破這個難得的平靜，他指著廟裡的陳設，以及前方上座的眾多神像評論一番。

「那你手上的倒數數字、你的惡夢，這能用科學解釋嗎？」劉奕臻反駁。

「哼。」Daniel 不以為然。

「有些事情不是這麼的唯物觀點。」

「無論如何，我更相信科學。」

「別在神明面前講究科學。」劉奕臻不認同。

「金醫師對我的催眠，不就都解釋了嗎？事實上，催眠就是一種科學。」Daniel 堅持用它解釋了所有可疑之處。

「別說得太早，很多時候，冥冥之中自有一股力量，前輩們也說，破案常常是靠很多的巧合與不可思議，就看你自己相不相信。」

「任何案子都是有線索的，只是有沒有被發掘出來而已。」Daniel 堅持，劉奕臻的手機忽然響起。

「小姚，什麼事嗎？」劉奕臻皺著眉頭接起電話。

「學姊，妳昨天是不是和李家豪在一起？」劉奕臻聽了嚇一跳，她看了 Daniel 一眼，轉過身去刻意壓低聲音問：「是啊，怎麼回事？」

「新苗縣誌德高中向局裡通報，嫌疑犯李家豪曾回去學校查找他以前的資料，還帶了一個女的過去。」

劉奕臻遲疑的回答：「學校為什麼會通報？」

「這幾天新聞不都在報導李家豪涉嫌殺人嗎？雖然是校友，但他們很擔心有什麼不好的事情，所以才報警。」

「是這樣啊。」

「那學姊現在在哪裡？組長要妳六點前報到，有臨時任務。」

「好，我知道了，晚點見。」劉奕臻猶豫後答應。她切斷電話後看著 Daniel，實在不知從何開口。

「怎麼了？」Daniel 有點擔心。

「局裡有臨時任務，要我六點前回去。」話音才剛落下，廟裡幫忙的阿婆就匆匆走來喊人。

「喂，少年咧！等下我們廟裡的師父會過來，你們要不要再等一等？」兩人互望一眼。這時劉奕臻的手機再次響起。

「學姐，妳現在在哪，我跟組長都在找妳。」

「我這兩天排假啊。我六點會回去，有什麼事嗎？」

「前天晚上ACC副總Allen被發現死在房間內！唯一的目擊者，Allen的女兒，因為撞見父親慘死，嚇得無法說話，但剛才小女孩終於能說話了，她告訴我們，兇手是Daniel叔叔。」小姚的聲音聽起來很緊張，劉奕臻則看向了李家豪。

「前天晚上八點？不可能！那時我跟李家豪在……」劉奕臻不相信，「這麼大的事，你們為什麼不早點告訴我！」

「組長要我別說的。他說你和李家豪走得太近。」

「我是為了破案。」劉奕臻強調：「他不可能在那個時間點做這件事。」

「但Allen女兒親眼看見李家豪殺人，是從窗口逃出去，而且這次殺人的手法，跟阿銘的死是一樣的，都是『開放的密室』，窗戶都由內關好，我們也不知道兇手是怎麼出去的。喂、喂，學姊！」

「我有在聽。」

「總之他很危險。他不是常說自己記不起來嗎！搞不好有雙重人格，妳千萬小心！」

「怎麼會……」劉奕臻仍不敢相信。

「學姐妳怎麼不說話？」

「我……」

「我的天啊，該不會，李家豪還在妳旁邊嗎？」

劉奕臻邊聽小姚說，邊注意著李家豪。現在情勢劇變，讓她無法再相信眼前這個男人。她茫然的看向四周的神像，有的面目慈善，有的面目猙獰。倒是李家豪，對這一切彷彿仍渾然未覺的走在前方，探查這座氣勢不凡的廟宇。劉奕臻走在 Daniel 後面，舉起槍，緩緩從背後對準 Daniel。

「李家豪。」Daniel 轉過身來，見劉奕臻似乎有話對他說，只是她為何舉槍對著自己？

「怎麼了？」

「局裡剛來過電話，確定 Allen 死了。」

「Allen 居然死了？」

「目擊者說，是你殺的。」

「我？」不過李家豪十分鎮定。

「你已經被全國通緝了，現在我要正式逮捕你。」劉奕臻始終槍口對準他。

「什麼時候的事？我說 Allen。」

這時兩人正好站在神壇的兩側，如同正與邪的永恆對峙。劉奕臻簡略描述 Allen 遇害的事，勸 Daniel 好好認罪，別再執迷不悟了。

「那晚我們不是在一起嗎？」Daniel 對此突然感到憤怒，又問奕臻：「現在，連妳也不相信我了？」

說完 Daniel 轉身就跑。

兩人在餘煙裊裊的宮廟內追逐，最後劉奕臻俐落地朝天空開了一槍。槍聲在大殿迴響，卻是劉奕臻不支倒地。

Daniel 面無表情走上前，不解地看著倒地的劉奕臻。

中央香爐的白煙不斷上升，穿過天井。

Ψ

半個小時後，劉奕臻在 Daniel 的照顧下醒來。Daniel 見劉奕臻的表情仍有些僵硬，關心問候：「妳還好嗎？我一直覺得，妳到這裡就不太對勁。」

「你怎麼不殺我？」奕臻這幾天失眠，感到非常疲累。

「妳真的懷疑我？Allen 不是我殺的！」

「這次有目擊者。」

「那目擊者還真是見鬼了。說真的，我如果可以，還真想斃了 Allen！」Daniel 邊說，邊掏出車鑰匙交給劉奕臻：「妳開我的車回去一趟吧，不是六點有個臨時任務嗎？也順便把事情全部搞清楚，再回來。」

「我必須逮捕你。」

「不可能，我必須搞清楚真相。總之，妳快出發吧，不要誤了時間。如果有事，隨時可以找我。」

「為什麼要殺 Allen？」

「我如果要殺他，還需要理由嗎？全ACC都知道我跟他有過結。我告訴妳，鍾田銘、Ben、金醫師，每一個都是兇手的挑釁，一而再、再而三的陷害我，這麼明顯的嫁禍，你們警察都看不出來嗎！」

Daniel 氣壞了。

劉奕臻回想案發時間，那晚從七點到十二點，兩人確實都在那家高空餐廳。她也比較冷靜了。

「保持聯絡。」奕臻說，確實應該回去把事情查清楚。

「妳回去吧，務必小心點。」

「我沒問題。」劉奕臻嘴上答得爽快，臉上卻一副憂心忡忡的樣子：「你也保重，等我……」

「等你回來抓我嗎？」Daniel 深吐一口氣：「我會繼續追查下去。」

Daniel 目送劉奕臻開車離去，轉身回到正殿，看著眼前氣派恢宏的廟宇，心裡不知為何不安感逐漸加劇。太陽再兩個小時即將下山，逆光下的廟宇，陰影正一點一點的吞噬著 Daniel，直入無盡黑暗。

Ψ

下午四點，李組長到警局的鑑識中心，聽檢驗師報告。

「殺死金延欣醫師的兇槍，是金醫師幾年前從黑市買來防身的槍。槍一直放在金醫師的抽屜，所以沾有細微的木屑，重要的是，上頭指紋與李家豪97%符合。」檢驗師這麼分析。

「阿銘的死，李家豪不在現場；Ben的死，目前也找不到車子和相關證據。倒是金醫師跟Allen這邊，突然證據確鑿。要嘛是兩個人幹的，再不然就是要這美國人背黑鍋。」

「李家豪該不會有雙重人格吧？」小姚說出自己的想法。

「網路上盜版電影看了太多是不是，什麼雙重人格。你當一輩子警察，也遇不到一個雙重人格的兇手！」組長聽了大罵：「出去別說是我帶你們的。」

「抱歉組長……」

「唉，奕臻呢？怎麼，還沒聯絡上？」

「我剛打給她，她只說『知道』就掛掉了。」小姚回答。組長聽了，心中隱隱有一種不詳的預感。

Ψ

劉奕臻開著Daniel的車，飛速從山路上劃過道路。上交流道以前，黑色賓士只能沿著鄉間小路行駛，劉奕臻皺著眉看著導航上的指示。

「這導航是要到哪裡去？跟來的路好像不一樣。」奕臻暗忖，但人生地不熟，她也只能依靠導航的指示走。

「叮」一聲，車上的水箱溫度燈亮起，自動保護措施啟動了，車子終於緩緩停了下來。

「不會吧？」

劉奕臻不敢置信的停下了車，打開引擎蓋，見到整個引擎室內冒著白煙。她走到後車廂，打開翻了半天，裡面有醫藥箱、幾個空瓶子。她拿起車內兩個空水瓶往左右望去，不遠處有一個傳統的高塔建築。

Ψ

劉奕臻走到高塔外的洗手臺，站在水槽前打開水龍頭，卻發現這裡一滴水都沒有！「這麼巧？」劉奕臻苦笑地搖頭。她只好繼續往內推開大門，一臉不舒服的拿著空水瓶走入這座高塔內部。

「管理員在嗎？有人嗎？哈囉？」

劉奕臻四處看著，猛然看見「新苗縣第一納骨塔」的牌子，劉奕臻一下怔住了！「這是？」她的腦海中閃過之前警局檔案庫的一份資料，上頭清楚寫著：

編號F08600216，無名屍（女）新苗縣第一納骨塔／0316櫃

看著大殿中堂的地藏王菩薩，劉奕臻最終放下了水瓶。她無聲地走入空無一人的靈骨塔，緩步數著一排排整齊的櫃子，在一列又一列的遺照中尋找記憶中的編號。

「E……F。」劉奕臻看著標示牌往深處走去，最後在一排櫃子前方蹲下，她看著編號0316的櫃子上，銘牌標記「無名氏」三個字。

「就是這裡了。」

「噠！」一滴水滴聲落在鞋前的地板上，劃破寂靜，劉奕臻抬頭看上方，又一滴水珠滴了下來，這次是滴在肩膀上。突然底部出現另一個細微的聲音，吸引奕臻低下頭。她看著一條水線，從前面的黑暗處逐漸蔓延到自己的腳尖。

劉奕臻俯身摸了一下水，緩緩抬起頭，依然什麼東西也沒看見。

她不死心，再次循著水流方向，想找到水源。忽然右側走道幽暗的牆壁與柱子間，微微裂開，一道紅色液體貼牆流下，一名紅衣女子懸空在最深處，裙子下未露出雙腿，一身破爛的紅衣服、模糊、蒼白的臉正看著自己。

劉奕臻與她四目相交，心中沒有恐懼，反而是一種靜定。

「妳想對我說些什麼？」

就在奕臻試著靠近她的時候，旁邊突然傳來男人聲音：「小姐啊，妳是怎麼進來的？我們今天沒有開放啦！」一臉糊塗的管理員，看來十分不歡迎外人，他催促著說：「妳走這邊，快出去。」

劉奕臻嚇一大跳，轉頭看向一臉莫名的管理員，再看回原處時，紅衣女子已經消失無蹤了。

「可惡啊，這邊也開始在漏了。晴天也漏，雨天也漏，真不是給人住的。」管理員踩到了腳下那一大片水漬，不斷抱怨。

「漏？」奕臻問。

「屋頂水塔的內管破了，裡面到處都在漏水。」

「不能修嗎？」

「已經叫人來啦，哎呀，妳看看妳，沒事吧？好好一個女孩子，跑來這裡幹嘛。欸，這裡不要來啦。來來，從這兒，快走吧，我帶妳出去。」管理員匆匆忙忙把劉奕臻帶到門口。他指著外頭說：「現在我們站的是A棟，這兩天水管破漏，全部都沒有水啦。妳要水，就去那邊裝，B棟後面那裡還有。」

奕臻再一次望向靈骨塔深處的316塔位。管理員以為她還搞不清楚方向，又耐著性子說：「喂，我是說那裡，妳要裝水，就去對面啦，那邊轉角的水龍頭都是好的。」管理員又指了一下對面，那個類似倉庫的低矮房子。

「謝謝。」劉奕臻拿起兩個空的保特瓶走向對面。

Ψ

管理員騎著小50機車離開。剩下劉奕臻獨自捧著瓶子，走去對面裝水。

她打開了水龍頭，水嘩啦啦的裝滿了第一個瓶子，瓶蓋轉緊，再從地上拿起了第二瓶。然而奕臻突然停下手邊的動作。她發現地上有一排濕淋淋、帶著血水的腳印。

「啊！」毫無防備的劉奕臻嚇得退後幾步，心有餘悸地嚥了口水。她放下了水瓶，順著血腳印往前，只見這排血腳印走向倉庫外面的一塊帆布。

大面積的厚重帆布下，似乎遮掩了一個極龐大的物體。

劉奕臻有些好奇，走過去掀起帆布，裡面居然是一臺沒有車牌的紅色保時捷。好好的跑車怎麼會停在納骨塔呢？再細看，左前方的大燈破碎了，另外在擋風玻璃上也有個不尋常的圓形裂痕，很明顯經過強烈撞擊。

「很像李家豪另一臺車。這麼多人買這臺車嗎？大家都這麼有錢？」劉奕臻看著這臺車心中不免疑惑：「他說車子送去維修了，怎會出現在這裡？」腦中又突然閃過小姚的話：「兇手把肇事車藏得很好，我們目前都找不到。」

劉奕臻突然感到莫名的緊張，她重新檢視擋風玻璃的刮痕，仔仔細細檢查一遍，上面黏有幾根頭髮。稍後她返回賓士車，拿出化妝包中的鑷子，小心地把肇事車輛上面的頭髮取下，收在乾淨的紗布裡並裝進夾鏈袋內。然後她打開駕駛座搜查，座位上也有一小塊沾到血跡的玻璃彈射碎片，她也把玻璃夾起來，放進另一個夾鏈袋。

採證得差不多了，奕臻關好車門往回走，不出三步，她突然停了下來。原來她發現，地上那排血水的腳印，居然消失無蹤了。

「不會吧。」她喃喃自語。

回到賓士車上的劉奕臻焦慮的看著顯示「李家豪」名稱的電話號碼，她回播了幾次，可是電話只是發出嘟嘟聲。聯絡不上對方，奕臻氣餒的發動車子：「這是怎麼回事？」她重新包好裝了紗布的夾鏈袋，審慎思考下一步動作。

Ψ

廟裡 Daniel 一個人在後殿滑著手機。

「年輕人，我們師父到了！」剛才那位老婦人走上前揮揮手，Daniel 立刻跟過去。這時廟裡的時鐘是下午四點五十分，茶桌上茶壺冒著熱煙，臉上貼著 OK 繃的年輕法師熟練地沏水、倒茶。

「世界也太小了，居然能再碰見你。」年輕法師親切地說。

「沒想到，我們會在這兒見面。」

「皓宇要五點啦，我先回去，待會門讓你關。」廟婆過來交代幾句。

「好的，大姐騎車小心。」年輕法師點頭的時候，發現 Daniel 正盯著自己。

「她叫你皓宇？」Daniel 看著臉上貼了創可貼的年輕法師。

「我姓張，白告皓，宇宙的宇。」法師笑著。

「那麼張先生，對於我之前說過的『封頂咒』，你究竟瞭解多少？」Daniel 表情嚴肅，就像在提醒自己接下來的每一步都不能走錯。

「『封頂咒』啊，這是一個很下作的符咒。因為，我一來不害人、二來不助紂為虐，所以像這種符，我是不會碰的。」張皓宇把熱水倒進了茶盅內洗杯。

「可是我聽說你會畫，不是嗎？」Daniel 質疑。

「符咒分有十類，各有各的用處，我會畫，不代表我會用。」他熟練的把茶杯從茶盅拿出，在茶杯內倒入了淺褐色的茶湯，烏龍茶香氣四溢。

「請用。」張皓宇伸手招待。

Daniel 不願喝茶，他從背包取出紫外線燈對著手裡圖畫照射，紙上立刻顯示出「封頂咒」的圖案，Daniel 逼問：「這鬼畫符到底代表什麼？」

張皓宇放下手上的茶，看著 Daniel 搖了搖頭說：「我不知道，千年的符咒，太深奧了。如果畫圖的人這樣做，最多只能代表他心中有鬼，畫這個咒，只為求個心安罷了。」

「不可能。」

「我知道的，大概就是這樣，你慢用吧，我先去關個門。」

張皓宇站起身往外走，Daniel 先把圖畫與紫外線燈收了起來，隨後也起身跟著他走向長廊的末端。

「對了，這張肖像畫跟你有關係嗎？」Daniel 問。

走到側門前的張皓宇停下了動作，回頭說：「你覺得呢？會有關係嗎？」Daniel 緊盯著張皓宇的雙眼，像極了那一晚鬼屋中女人的眼睛。

「我是不是在 VR 鬼屋中見過你？」Daniel 不想拐彎抹角，如果手臂那數字是在提醒他什麼，那他只剩兩天的時間。

張皓宇搖頭，轉身把兩扇廟門一左一右地拉近，上頭潘麗水大師繪製的巨型門神，如此瑰麗華美，無不令人景仰、讚嘆。他說：「我第一次見到你是在廟裡，那邊可不是鬼屋啊。」

「砰！」大門闔上的聲音在廟裡迴盪，氣定神閒的張皓宇，轉過身對上 Daniel 的眼睛，等他繼續發問。

Daniel 相信張皓宇沒有說真話，便說：「不耽誤你關門的時間，我先走了。」

「李先生，等一下。」張皓宇喊住了粗暴推開門，正準備跨出門檻的 Daniel。Daniel 轉過頭調侃：「怎麼了？要幫我叫車嗎？」

「有一件事，不知道你想不想聽。」

「你有事就快說，別再浪費我的時間了。」

「我問你，這段時間是不是一直做惡夢？」張皓宇這句話，對 Daniel 而言彷彿五雷轟頂。

「你怎麼知道？」Daniel 睜著眼睛，難以置信。

這時張皓宇臉上的表情，展現出完全的自信，他再次上前用力的關上廟門，門板轉動發出聲響的同時，外面樹林中傳來了烏鴉陣陣聒噪的叫聲。

張皓宇不慌不忙的說：「我二十歲就當上法師了，你覺得呢？」

Daniel壓住他的雙肩，叫道：「張師父快告訴我，她是人是鬼，為何天天在夢裡夢外糾纏我！」
相較於Daniel的激動，張皓宇顯得十分平淡，他看著Daniel焦急的瞳孔說：「看來，你剩下的時間也不多了。現在你想知道的真相，只有死人清楚。」
「我該怎麼辦。」
「如果想知道地府的事，想見地府的人，也只能『觀落陰』了。」
「什麼是『觀落陰』？」
「這是一種古老的法術。」張皓宇手指大殿梁柱上一系列的壁畫，在飛仙圖和十殿閻羅圖中間停下，並開口說：「我頂多作法，協助你的靈魂暫時脫離你的肉體，讓你進到陰間地府。但是你必須自己去找出你要找的人，問你想問的事。」
「What! 你是說『靈魂出竅』嗎？」
「你可以這麼理解。」
「太荒謬了。」
「這也不是每個人都能『觀』的。不過，去一趟下面，把事情澈底弄清楚，很值得一試，不是嗎？」

Ψ

下午五點五十五分，抵達警局的劉奕臻，上氣不接下氣趕往偵查組。她一邊快步，一邊用電話詢問鑑識中心人員說：

「學長，我最快要多久，才能知道結果？」

「如果只做頭髮匹配，再怎麼快，也要八至九個小時吧。」學長有點為難，畢竟這個案子來的太突然了。

「好，我等你消息。」

「對了奕臻，」學長話沒說完就被劉奕臻給切掉電話。

她三步併作兩步的衝進組長辦公室。裡面正在泡茶閒磕牙的組長與書記官訝異地看著劉奕臻，組長很快笑罵說：「妳是怎麼樣，趕著投胎嗎？」

「組長不是要我六點報到，說有緊急任務？」

劉奕臻喘著氣說。組長一聽恍然大悟，指著旁邊的中年男子說：「喔，我介紹一下，這是地檢署林書記官。之前妳上呈的藥頭筆錄，有幾點問題需要釐清，所以讓妳來說明一下。」

劉奕臻的臉立刻垮掉，不可置信地看著組長說：「我今天休假耶！」

「是喔？休假喔，小姚這摳散仙，他沒跟我講啊。」組長也嚇了一跳，他沒想到奕臻會主動排休。

「那 Allen 的案子呢？」

「問妳啊，人不是妳放的嗎？妳還說要負責。」

「不對。這裡面，肯定有什麼不對勁。」劉奕臻突如其來對上司李組長的質疑，讓書記官不解，他用以上對下的態度詢問：「劉警官，妳現在不方便說明嗎？」劉奕臻沒有回答書記官，反而問組長：「組長，之前新苗縣有向組裡通報李家豪回去母校的事情嗎？」

「返校？這又是什麼？」組長一聽，更詫異了。

Ψ

晚間六點三十分，劉奕臻怒氣沖沖回到辦公室。她猛拉住抱著喜餅的小曾。

「小曾，小姚人呢？」

「學姊，小姚去弄他的訂婚影片了。他的喜餅我放在妳桌上了喔。」小曾指了指桌上的豪華禮盒。

劉奕臻聽完，走回自己辦公桌，拿起禮盒上的喜帖翻開。

「不會吧？」她簡直不敢相信喜帖上面的地址：「新苗縣五同鄉大道村 19-5 號。」這地址跟阿銘老家、李家豪老家也太像了，為什麼小姚老家也在這裡？難道只是巧合嗎？

「學姊，有什麼不對嗎？」小曾。

「沒有，沒事。」奕臻旋風似的來，旋風似的走。

「嗄？」小曾莫名奇妙的碰了一鼻子灰。

劉奕臻一出辦公室，就從口袋拿出新苗縣誌德高中那位教務主任的名片。

「喂？」撥號接通，傳來主任疑惑的聲音。

「吳主任好，我是昨天前去拜訪的臺北市警局的劉奕臻，您還在學校嗎？」

「是妳啊，有什麼事嗎？我看完夜間輔導正要離開。」

「我想請問吳主任，這幾天有特別向警局通報李家豪回母校的事嗎？」

「沒有啊，不過劉警官，你們組裡真的有一位我們的校友耶。」

「啊，是嗎？主任說的這個畢業生，會是，姚志善？」

「就是他，也是我們高中的學生！」

「這麼巧？他現在是我們組裡的同仁。」劉奕臻深深吸了一口氣，平撫一下情緒反問：「吳主任，能麻煩你幫我查一下姚志善是哪一年畢業的嗎？」

「沒問題啊。」主任一口答應。

「另外畢業紀念冊有幾頁，可以麻煩拍照 Email 傳給我嗎？」她想如果再有一次巧合，那就不能叫做巧合了。

稍後吳主任傳來資料，果然證實了奕臻的推測。

她開著車在快速道路上飛馳，但下班時間車流不少，車速始終達不到理想。

Ψ

查理一臉沉重到 Allen 家慰問，現場已有多名記者等候。

Allen 太太完全不能理解，她悲憤的怒吼：「你為什麼要把那個殺人魔保釋出去，為什麼！為什麼！」隨後嚎啕大哭。

「Nancy，對不起，我不知道會這樣，造成這麼大的傷害。」查理道歉，接著他彎下身安慰 Allen 的女兒：「Page，叔叔對不起妳。」

稍後，查理起身對記者們說話：「現在，我，不知道該說什麼。」說到這裡他開始哽咽：「我一直記得到臺灣的第一天，Allen 一家到機場接機，每個人臉上都帶著微笑，曾經他們是多麼幸福的一家人。噢，Denial，你必須為自己做的殘忍事情負責。我現在宣布，正式解除嫌疑人 Denial Lee 在 ACC 的所有職務。」

Ψ

晚間八點四十五分。

各家廣播的路況報導再怎麼詳細，也沒辦法紓解目前塞車的情況。劉奕臻的手焦慮地敲打著方向盤，看著前方持續壅塞，她決定打方向燈，等等右切下交流道，改走平面道路去新北市。

電話聲響，顯示為「李家豪」。劉奕臻趕緊接起了電話問：「你沒事吧，下午手機為什麼打不通？」

「沒特別的事，這裡收訊不太好。」百多公里外，寺廟中 Daniel 拿著手機，看著頭頂上一串的紅黃燈籠、那上百支搖曳的燭光讓大殿忽明忽暗。

「妳呢，任務完成了？」Daniel 熟悉的聲音傳進奕臻耳裡，讓她頓時安心了。

「你要回臺北了嗎，我現在去接你。」

「不急，我剛見過廟裡的法師，約好待會一起談談。」

劉奕臻看著眼前一串的紅尾燈。「你不回來嗎，要不，我過去找你。」

「時間也晚了，妳先休息，明天再看看情況。這間廟可以讓我掛單。」

「車子早晚要還你，反正我也沒事，正好過去陪你們聊。我也常工作到半夜，而且剛才我有了一些新發現。」奕臻說了幾個理由。

「對了，我這邊也有些新鮮事。妳還記得我跟妳提過一個老法師，後來介紹我一個年紀很輕的法師嗎？」Daniel 側身看著在角落準備法事的張皓宇，起身走到殿前講電話。

「當然記得。」

「他就是這間廟的主持法師。」Daniel 笑著抓了抓額頭。

「這麼巧？」劉奕臻微微驚呼，這一切並不在她的預料之內。

「是啊，他叫張皓宇，本地人，也就二十多歲吧。」

「這麼年輕。」劉奕臻的右腳微微鬆開了煞車，車子又往前了幾公分。

「本來我對他也沒什麼信心，但是他偏偏一眼看出了我的問題。」

「那麼，這個問題能處理嗎？」

「他也沒把握，總之要等淩晨幫我作一場法事才能知道原因。」Daniel 看著大殿中間那一把四腳壓著符紙的椅子，已有相當年歲的老舊木頭圓椅上貼了幾道剛寫好的新符。

「法事？你不是只信『科學』嗎？」

「『觀落陰』，妳聽過嗎？」

「觀落陰？」奕臻皺起眉頭，她沒聽過三更半夜才開始辦的法事。

「對，觀落陰。」Daniel 雖然已經看了各種網頁介紹，但還是不清楚，究竟這是什麼法事？會有什麼後果？但他願意嘗試看看。

「這麼晚才開始？」劉奕臻重複了一次。突然語音未歇，電話就斷線了。另一頭 Daniel 看著自己螢幕黑掉的手機，沒電了。

「喂！該死……」他低罵一聲轉過身，走向前的喊著正在大殿折紙錢的張皓宇：「張先生，有我這款手機的充電器嗎？這款的？」Daniel 比劃了一下掌上的手機。

「沒有。這支手機太高級了。」皓宇看了手機一眼。

「算了。」握著手機的 Daniel 心想，隨後看向一片漆黑的殿內。

Ψ

「怎麼又不接電話了。」劉奕臻重複撥號，得到的回應都是「對方已關機」。

「真的沒事嗎？」她有點懷疑，如果後續的判斷是對的，真兇很可能掌握了李家豪的行蹤。這麼一來他很可能會遇上危險，再說倒數的時間也不多了，儼然命在旦夕。

想到這裡，劉奕臻連忙轉動方向盤，俐落的把車切進路肩往前疾駛，後面的車輛見狀紛紛跟進。

Ψ

晚間九點十分。

門口一個黑底白字的招牌「New Island 媒體影像工作室」，劉奕臻一臉殺氣騰騰的推門走進四處看著。

「小姐，有事嗎？」櫃檯人員。

「姚志善在哪裡？」

「什麼事嗎？」另一名工作人員不明究理地看著陌生的女子——突然劉奕臻闖入這家工作室。

「我有急事，在這間，還是這間。」劉奕臻直接闖入裡面開了左右兩道門。

「姚哥，他在後面的剪輯室啦。」室內的工作人員比了一下裡面。

「要怎麼走？」她質問，工作人員一臉莫名其妙。

「直走，第三間。」

劉奕臻往前走了幾步，隨即來到一間剪輯室前。她推開門看見小姚獨自戴著VR眼鏡，一副自得其樂的模樣。

「姚志善！」

「奕臻姊怎麼來了？」小姚聽到聲音愣了一下，摘下臉上的ＶＲ眼鏡，開心的看著劉奕臻說：「我的訂婚喜餅收到了嗎？」

「你跟張皓宇是什麼關係？」

奕臻上前抓住小姚問罪，小姚一聽臉色一變，嚇得放下手邊的ＶＲ眼鏡吱吱唔唔的：「奕臻姊，妳，妳在說什麼啊？」

「張皓宇，你的高中同學。姚志善，我問你，你到底在幫他做什麼？」

「奕臻姊。」小姚手足無措的看著目光嚴厲的劉奕臻，吞吞吐吐的說：「沒什麼。」

「給我說清楚。」

「我結婚合八字，在老家廟裡遇見張皓宇。剛好他需要我幫一些小忙，開發一款實境宮廟遊戲……」小姚見劉奕臻臉色大變，她正要發作的時候，鈴聲響起。原來是鑑識中心學長來電，她立刻接通：

「喂，學長。」

「奕臻，結果出來了。妳給我的頭髮，與那位Ben的ＤＮＡ比對，兩者符合，另外玻璃上的碎片是屬於一個叫做『張皓宇』的嫌疑人，新苗縣少年法庭有留下他的紀錄。」檢驗室內，學長手拿著檢驗報告說明。

「什麼，你說誰？」劉奕臻倒抽一口氣。

「張皓宇，二十二歲。」

「不好了……學長先這樣，我知道了，謝謝你。」

Ψ

晚間十點三十分，劉奕臻駕著黑色賓士車回到已經順暢的高速公路上，導航顯示，離目的地交流道還有十五公里。

「您撥的電話無人接聽，請在嗶……」Daniel 的電話還是不通，焦急的劉奕臻按掉電話，看了一眼時鐘。

下了高速公路之後還有二十多公里的山路。

劉奕臻找到了「李組長」電話後按下通話鍵，電話直接進了語音信箱，「您撥的電話無人接聽，請在嗶聲之後留言。」劉奕臻無可奈何，有時候想找誰，就偏偏找不到人。

嗶聲之後，劉奕臻趕緊地留言說：

「組長，我是奕臻，我確定找到李家豪案子的關鍵點了。」這時賓士輪胎也發出了吱吱聲響，車子毫不減速的轉下了交流道。

Ψ

「奕臻呢？」組長問小曾。

「不知道，好像是去找小姚吧。」

「今天事情特別多，怎麼偏偏挑這個時候休假。」組長抱怨完，又說：「小曾，我手機忘了放在哪了，你試著打給我。」隨後李組長又找了幾名同仁，一起幫忙找。

張皓宇將符咒塞進紅布裡，雙手謹慎地捧起布條，遞給坐在椅凳上的 Daniel。

「這有用嗎？」Daniel 半信半疑地接下張皓宇手上的紅布條。

「你可以喊停，也可以不要，自己想清楚。」張皓宇一副超然物外的模樣。

「謝謝。」Daniel 猶豫一下，還是接受了。

「那我們開始吧。」張皓宇說完，又吩咐：「待會無論碰見誰，都要記得問對方需要什麼，這樣我們回來，才有辦法化解超度。」法師裝扮的張皓宇說完，眼神變得十分複雜，他協助 Daniel 拿起紅布矇住雙眼。

「開始會是什麼感覺？」綁好之後，Daniel 問。

「每個人的經驗不同，有些人會看到一點光，或是一些尋常風景，也有少數人一開始就飛行的。」

「飛行？也太不科學了。」

「也可以說是浮在空中。不過，照你的情況看來，應該會先遇到心裡最牽掛的人。」

「最牽掛的人？」Daniel 腦中意外浮現劉奕臻。

「記住，遇到她之後，你就懂了。」張皓宇湊近 Daniel 耳邊低聲交代。

「嗯。」Daniel 準備好了。

「雙手合十。」張皓宇幽幽吐出一句。

被紅布遮住雙眼的 Daniel 合上雙掌，張皓宇繞到他身後，拿起木魚開始唸法咒。成串的咒語伴隨規律的木魚聲，同時年輕法師更不斷要求 Daniel 集中注意力。經過了半個鐘頭，他四肢逐漸放鬆，彷彿失去意識，在法師的導引下，他的正面轉向了道壇。

與此同時，全速趕回新苗縣的劉奕臻萬分焦慮。她看著撥給 Daniel 的二十通電話，全都轉接語音信箱，萬不得已，超速開在郊區的公路上。

Ψ

光，霧。

黑白影像的樹林、河邊、房舍。

Daniel 等了好久，不見任何人出來帶領自己，他只好靠直覺摸索，一步步穿越前方光與霧之後的神祕境地。

一陣莫名的煙飄來，花香四溢，Daniel 精神隨之一振。他回想，眼前應該有塊遮蔽視線的紅布，卻不知何時已鬆開拿在手上。

霧裡空間瞬息萬變。微火之中，他發現自己身處一個不知名的地方，前方竹林與樹林彼此錯落。

「這是哪裡？」Daniel 看向四周，心裡有些茫然。

Daniel 繼續向前走，發現遠處有一座雅緻的中式古宅，似乎燈影晃動。他想起年輕法師的交代：

「那裡會有一間房子是屬於你的本命宮，不妨進去看看。」

「是它嗎？」Daniel 遠遠打量那座古宅，當他決定走上前查探時，便突然飛越了樹林，瞬間抵達古宅的大門口。愈是順利的事，愈讓生性多疑的 Daniel 懷疑有詐。他在外頭觀望了一陣子。面對眼前的中式雙層古建築，他心中湧現一種奇異的感覺。

Daniel 推開門，隨意穿越從未見過的古老廳堂，四周瀰漫一股檀木清香。他進入重重樓宇，來到一處幽僻院落。在院內，Daniel 發現一口古井，好奇的他直視井底，裡頭除了自己的倒影，還有四盞燭火，讓人看了有些暈眩。他繼續漫無目的的遊走，又發現前方有間點滿蠟燭的房間。這讓 Daniel 有些猶豫是否要更深入這個陌生的地方。正拿不定主意時，他看見屋內前方臺桌上放著打開的、沒有字的古書，於是他進入這間房子，遲疑的伸出手放到了古書之上，外面遠遠傳來了一個細如游絲的女子呼喊。

「家豪。」

Daniel 停下了手，頭轉向外面。

「誰？是誰！」他快步走到屋外大喊，卻不見四周有人。

他不死心，循著聲音返回古井旁，發現井內彷彿有回音，卻始終看不清楚底部的漣漪中間，究竟有什麼鬼影。

屋簷上，詭異的紅黃燈籠開始隨風擺盪，將他吸引到另一個院落。

一間又一間布滿蠟燭的大宅，火光搖曳的同時，大廳桌上也放了一本打開的書，Daniel 看清楚上面沒有任何字。外面再度傳來了女子的聲音，有一搭沒一搭的呼喚：「李家豪……。」這時 Daniel 已經可以很確定，聲音來自那名夢中女子。

「妳是誰？出來！」Daniel 不斷摸索聲音的來源，卻徒勞無獲。他焦急、憤怒的大喊：「是誰？妳到底是誰。」

「家豪，是我。」聲音又遠了點，彷彿藏在黑暗的某一處引誘他。

Ψ

「是誰？出來！」Daniel 喊著。「一直糾纏我做什麼！」他又喊了一遍。「妳在哪裡？妳給我出來！」

這時 Daniel 彷彿聽到地底震動的聲音，反覆急切的低頻振動，像是一種靈魂的呼喚。但沒有搞清真相的 Daniel 不願回到現實，他焦躁的吼著，憤怒的焰火彷彿讓他胸膛即將炸裂，他再度追著聲音源頭，快步走向前。終於 Daniel 失去了耐心，他開始破壞身邊所有東西，砸爛古厝的桌椅，將書籍撕碎，發瘋似的大喊：「出來，妳給我出來！」他看四周到底還有什麼，一直追到那口井。Daniel 取出井內的一盞燈火，威脅要放火燒盡眼前的建築。

「不，家豪，別這樣。」

「妳倒底是誰？」

對方遲遲不現身，Daniel 看向四周，搜尋夢裡那個無所不在的紅衣女子。他想起這四十多天來，她對自己惡夢般地戲弄，不禁怒從中來吼道：「妳究竟要幹嘛？妳最好立刻滾出來！」

「家豪。」聲音冷不防的出現在背後，咫尺之外。

Ψ

Daniel 轉過身，一個半透明的紅衣女子在煙霧中若隱若現，她是？

她清澈平靜的眼神正看著自己：「家豪，你終於來了。」

「妳是誰？不要叫我家豪，那該死的名字。」

「家豪。」女子的身形轉而清晰。

「妳是人是鬼？為什麼要這樣害我？」

「你問我是誰？你真的都忘了嗎？」

「小茜……妳……為什麼？」Daniel 嘴裡脫口而出說了她的名字，以往的記憶片段瞬間湧上了心頭。

張茜華看著他反問：「為什麼？你說為什麼呢？」

為什麼？這讓 Daniel 啞口無言，他隱約記起一些，卻又無法判別何者為真，何者為假？這時的李家豪需要她來告訴自己。

「小茜？妳為什麼在這，難道妳死了？」Daniel 需要確定這兩件事，此外他還有很多問題必須問她。

然而張茜華默不作聲，雙眼有些空洞。

「妳是怎麼死的？」Daniel 看張茜華還是不說話，只是悠悠盯著自己。

「妳繼父跟妳什麼關係。」Daniel 追問。

「你真的都忘了嗎？」

「我全都記不起來了。」Daniel 開始暈眩。

「是什麼關係？你想起來了嗎？」張茜華心酸的笑了。

「啊！」Daniel 的記憶回到最初事發的起點。當年那個人就是阿銘，二十年前在床上與張茜華做愛的男人，就是鍾田銘。

「我知道你看見了，但是為什麼，為什麼你什麼都不做？」

「我？」記憶瞬間爆裂，如同鐵鎚般重擊 Daniel，他終於想起來了，什麼都想起來了！當年被壓制在床上的張茜華，與那日夜強暴她的人，同時那個人抬頭看到自己，那張臉與阿銘的五官完全重疊了。

Daniel臉色瞬變，叫問：「那時候，妳在做什麼，到底在做什麼？」當年在廟裡，年輕的李家豪舉起年輕的張茜華左手，看到滿是毒品的針孔和淤青。想到這裡Daniel頭痛欲裂，他摸著左手臂，近日反覆自殘及倒數的血痕開始劇痛。

「你看見了，但是你什麼都不做，甚至想離開我。」張茜華直視著Daniel。

「我？不是這樣的！」

「我生了一個孩子，這孩子有多可憐，你知道嗎？」

張茜華語氣激動，身上那件紅衣隨之顫動，她的臉再次轉變為那張破爛腐蝕的恐怖模樣，她的身影也幻化為數以千計的鬼影，大大小小的影子，藏在這個靈異空間的每個角落，不斷窺視著Daniel。

Ψ

他眼睛綁著紅布，恍惚之中似乎聽見周圍有人唸經。耳邊的《地藏經》不斷纏繞：「**是命終人，未得受生，在七七日內，念念之間。**」因空曠的空間，而加劇回音。

Daniel突然感覺四周無人，他再一次拿下眼上的紅布，從椅子起身卻發現自己像做夢一樣，腳踩得不踏實。

這次他懸浮雲端，獨自飛越數百里，找到剛才屬於自己的大院。身體一降落，就看見張茜華在等他。

「你來了，剛剛為什麼要走，你總是說走就走。」

「小茜！我！」Daniel 情緒激動，一時不知該如何解釋。

「我一直求你，一直求你帶我走，可是你不願意，我要你別報警，你也不願意。所以我只有死才能解脫，這才是你想要的，對不對？」

「他用毒品控制妳，我一定要他死，殺不死，也要關到死！妳不要阻止我！」這是自己年少的表情、憤怒，記憶翻江倒海，他全都想起來了！

他記得二十年前，曾為這件事與張茜華起了劇烈衝突。那年剛退伍的自己在廢廟內激動、怒吼的對張茜華說：「一定要報警，妳不去報警就是我報警！一定要把他抓去關！」

「你要我死嗎？他要是被抓了，這事情傳出去，你要我要怎麼活下去？」

「這事一定要報警，走，我帶妳去。」

「小豪，你不是愛我嗎？」

「是，我當然是。」

「只要你帶我和孩子走，好嗎？求求你了。」張茜華聲淚俱下，哀求的眼光看著 Daniel。

「這事太荒謬了，除非報警，不然我不會答應。」年輕 Daniel 直接回絕。

「這一切都是你造成的！」張茜華立刻變臉。

「不！」

「李家豪，都是你。」年輕張茜華說完隨即消失，剩下 Daniel 一人，站在一個奇怪的地方。他伸手向張茜華消失的地方，Daniel 往前想拉住張茜華，沒想到才跨出一步，他發現自己身處在一個懸浮的平臺上，下面是萬鬼窟，全部都是死人！滿滿的死人的鬼手，每雙手都拼命掙扎著，想往上抓住個什麼！

「我不是那個意思，這一切都不是真的！」Daniel 搖著頭，囈語般的看著若隱若現的張茜華。

「不是那個意思？那時候你不是還想上我嗎，不是嗎？」張茜華又現身了，她笑說：「家豪，只要你不說出去。你不是想好久了嗎？」張茜華自動解開自己制服的扣子，脫掉上衣。年輕李家豪看著她的動作大吼：

「妳究竟要怎麼樣？」

驚恐的 Daniel 再次大叫，張茜華轉眼又消失了。李家豪往前追，才跨出一步，就發現自己站在剛剛那處平臺上，這次下面的死人手抓住他了！Daniel 抵擋不了，倒頭墜入萬鬼窟，墜落的時候，回憶彷彿跑馬燈，他看見年輕的自己，不斷奔跑著，緊接著有個開車想撞死他的人——是鍾田銘。

他被撞倒，掉落下方的高速公路上，重傷倒地的他，不斷感覺有車輪從他身上快速輾壓而過。

突然右方又一個光影出現，那是 Ben。Ben 靠過來說：「Daniel，你也來陪陪我嘛，其實這邊不錯，真的。」

「Denial，這裡才有心靈的平靜，才有真正的自由。」在 Ben 左邊，半透明的金醫師也開口了。一切都讓李家豪感到無比慌恐。

「啊啊啊啊啊！」

Denial 抱著頭驚恐大叫，突然一隻手從後面搭上了他的肩膀，轉身，見張茜華溫柔的看著他：「我什麼都不要，我只要你來陪我。」

「不……」Denial 看著她抓住自己肩膀的手已經變成了枯骨。

「你不是說你愛我嗎？」

Ψ

是真實，或是虛幻？

陰暗的室內，呆滯的 Daniel 癱坐在貼滿符紙的圓椅凳上，顯然元神仍滯留陰間。紅衣女子站在他面前，伸手輕摸他的臉：「走吧。你答應過我的。」接著，紅衣女子抬起 Daniel 的雙手，放在 Denial 自己的脖子上。如同最初自殺的阿銘一樣。

「看著我，很快就好了，家豪。」紅衣女子說。眼前那塊紅布早被解開，呆滯的 Daniel 看著她的眼睛。下一秒紅衣女子又湊近 Daniel 呼氣，她說：「現在只剩最後一個步驟了」，她伸手打了個響指。

Daniel 渙散的雙眼漸漸聚焦，視線自模糊恢復的第一時間，Daniel 見到一雙眼睛瞪著自己。正是 VR 鬼屋中那一雙眼，也是殯儀館內年輕法師的那雙眼。紅衣女子的雙手，緊緊壓在 Denial 脖子的雙手上！Daniel 猛然驚醒，又突然全身失去力氣，他張大眼睛看著紅衣女子掐住自己。

「……家豪……我愛你。」紅衣女子輕聲說完，雙手開始使勁。

「啊。」Daniel 幾乎不能呼吸了。

Ψ

燈光明滅不一，張皓宇早已換下道袍。

穿著女裝的張皓宇宛若失蹤多年的張茜華，這時一臉呆滯的 Daniel 似乎失去了意識，渾然未覺地任由張皓宇恣意玩弄。張皓宇把手放到 Daniel 脖子上，順著他臉部的線條輪廓，撫摸他的五官，這時 Daniel 無神的瞳孔，顯示他的元神仍在觀落陰的世界裡遊走。

這下 Daniel 終於知道什麼是觀落陰了。

與此同時，現實世界引導 Daniel 觀落陰的張皓宇，正用雙手掐著 Daniel 的脖子，在他耳邊輕聲地說：

「你知道嗎，我本來可以叫你一聲『爸』的。」

Ψ

「砰！」寺廟厚重的大門被用力推開。

劉奕臻衝入廟內，殘燭餘光的大殿內沒有半個人影。

「李家豪！」劉奕臻一邊高喊，一邊往最深處跑去。這時左右搖曳的燭火使大殿忽明忽暗，佛仍不語的靜觀涅槃。

劉奕臻撞開一道又一道門，繞回廟埕依舊是空無一人。內心忐忑的她，一停下腳步就聽見深處內傳來了吼聲，她趕緊往內部跑去叫道：「李家豪！」

憑著大殿內幾支微弱的燭光，她摸黑闖入後殿。

Ψ

這時張皓宇用雙手環住李家豪的脖子，屬於他的復仇時刻就在眼前，他站到李家豪身後，用下巴靠著李家豪的頭，得意的笑了。

「讓你死，還真是便宜了，呵。」

「李家豪！」

一道手電筒的光線照向黑暗中的兩人，張皓宇眼睛閃過一絲意外，原來是那名該死的女警跑來壞事，暫時放下懷裡的李家豪，退到了黑暗之中。

劉奕臻衝到了李家豪身邊、焦急地看著他，李家豪無法動作，他睜大眼流著淚。

「你怎麼了？李家豪！李家豪！」劉奕臻大驚失色。「啊！」

突然一棍子打倒了劉奕臻，她的手機、手電筒應聲飛出。四周也出現了張茜華的身影和聲音。

「妳想搶我的男人？」

劉奕臻摀著頭站起了身吼著：「張皓宇！出來！你不要裝神弄鬼！這全部都是你設下的圈套！你

用催眠控制了李家豪！小姚做的影像，我都看過了！」

人影倏然消失，四周陷入了一片漆黑。

張皓宇的男性聲音在四周響起。

「劉警官。」

張皓宇的聲音來自四面八方，讓劉奕臻有些害怕。她撿起手電筒四處照射，下一秒張皓宇再次出奇不意的從後方猛擊她的背。

劉奕臻慘叫一聲，跌倒在地，手電筒再次落進黑暗中。

再抬起頭，身邊正是李家豪。她不顧自己的傷，拼命想叫醒李家豪，卻發現他一動也不動。於是她死命的搖著雙目渙散的李家豪叫喊：「李家豪！你醒醒，快醒醒！」張皓宇沉重的腳步聲再次靠近，劉奕臻重新拾起身邊唯一的光源——手電筒往四處照射，照見的盡是無底的漆黑。

「誰在那裡？」她叫道。

張皓宇拿著棍子緩步接近這兩個人，他的復仇計畫不容許遭到任何人破壞。他必須把自己的注意力重新放回李家豪身上，此時李家豪的眼神中彷彿也看見了什麼，他的嘴角抽搐著。

劉奕臻見李家豪仍無法動作，不懂他為何睜大眼不斷流淚。隨後劉奕臻看到黑暗之中，出現了多名紅衣女子的魅影。劉奕臻連開二槍，卻一棍子扎扎實實打中了劉奕臻，她「哎」一悶聲倒在了地上，手電筒也被踩壞。

一雙熟悉的手，從後面搭上了李家豪的肩膀：「要證明你愛我，就殺了這個女人！」年輕臉孔的張茜華，如惡鬼般作祟。

鬼影倏然消失，四周陷入了一片漆黑。這次拎著狼牙棒的張皓宇，拉著劉奕臻的頭髮拖著她，走向李家豪說：

「快四點四十四分了，你再等一下。先處理她。」

張皓宇持狼牙棒對準李家豪的肩，每剮一次，李家豪就感到自己又被推向萬鬼窟一步，一雙雙鬼手由下而上猛然抓住了他，Daniel 瀕臨崩潰，他被困在觀落陰的世界，臉上滿是淚水，現實中他正掐著劉奕臻。

劉奕臻似乎也進入了靈魂的世界，在這裡她的身體變得很輕，逐漸不再有反應，脖子變得柔軟，如同死在李家豪手中。

這時張皓宇在李家豪面前，伸手輕摸劉奕臻的臉，似乎確定劉奕臻沒了鼻息。而李家豪直到這個時候，才驚覺做了可怕的事。他不敢相信自己殺了劉奕臻，趕快收手整個人往後退，嚇得從圓椅上翻落，跌坐在地上。

「為什麼連劉奕臻也死了?」李家豪的精神尚在游離，卻痛苦萬分。他看到張茜華忽然上前，如同夢中跨坐在他身上，將雙手放到他的脖子上。

「我們一起走吧，你答應過我的。」

李家豪全身突然沒了力氣，他張大眼睛看著自己的脖子被張茜華掐著，完全無法呼吸，唾液更從嘴巴流出。倒地不起的劉奕臻，耳邊手機不斷震動。

Ψ

此時劉奕臻竟爬了起來，從後面用力撞開了女裝的張皓宇。

「李家豪，快醒醒。」

現實裡，全身是傷的劉奕臻焦急地拍打李家豪，直到他有所反應。看見李家豪甦醒過來，劉奕臻趕快將他扶到一旁的圓椅凳上。

「張皓宇！你出來！猶種！」

無論劉奕臻怎麼喊，四周都悄然無聲。這時半透明的張茜華出現在前方，但已轉為張皓宇的聲音。

「現在離四點四十四分只剩下一分鐘了。李家豪，這是你每天做惡夢的時間。等等你手臂上的數字會直接跳到1，今天你就必須死！」

李家豪一下張大了眼睛，他的身體仍是無法動彈，眼珠轉動看著激動的劉奕臻。張皓宇的聲音持續在空間中響起：

「今天就要把你困在念念之間，不生不死，如同一個廢人，永困在這七七四十九天內出不去，永世不得超生！」

劉奕臻不停依循聲音，警戒的盯著周圍：「張皓宇！你媽的事情跟李家豪無關！張茜華是受害者，李家豪也是！」

「呵呵，妳自己不是也一樣嗎？妳是被妳爸爸？還是妳叔叔？」

「我不一樣！我舉發他！所以我當警察，我就是要來抓這些專門欺負女人、欺負孩子的人渣！張皓宇！你以為你殺了人能逃得掉嗎？」

「我本來就沒有想活著！因為我根本就不該被生下來！」

張皓宇大吼的聲音在密室內迴盪。劉奕臻憤怒、不安的望著四周，她知道張皓宇現在已經是不可能回頭了！

「張皓宇！你現在自首還有機會！不要一錯再錯！」

「劉警官，我本來還想放妳一條生路，不過我改變主意了！妳先等著。至於你，李家豪，你唯一的選擇就是……死！5、4、3、2、1。」

李家豪的手機鈴聲準時響起，他抽搐一下之後閉上了眼、垂下了頭。

劉奕臻嚇得大聲叫喊：「李家豪！」

Ψ

在那死者的異度空間中，是一片煙霧。李家豪茫然地看著一身紅衣的張茜華從霧中走向自己。

他終於忍不住的開始痛哭：「我錯了！小茜，妳帶我走吧。」

張茜華伸出手摸著李家豪的臉：「家豪……看見的事情，未必都是真相。」一臉淚水的李家豪不解地看著張茜華，張茜華微笑、輕輕的抱住了他。李家豪淚水止不住的流出，他知道這將會是最後的一個擁抱。

「嗯。」他答應的點著頭、看著張茜華。

「你回去吧。」

張茜華微笑、捨不得的推開了李家豪，痛哭的他忍不住哭喊：「小茜！」

Ψ

又一陣全暗。

人在哪裡？劉奕臻繃緊神經轉著身警戒著一切可能，黑暗中的空間迷向已經讓她分不清楚方位，等待死亡的感覺更是讓她的身體不由自主的顫抖。

一道光線在深處亮起，張茜華的影像與低頭坐著的李家豪同時出現，劉奕臻不假思索的往前跑去，她要救出李家豪！

但她不知道的是，身穿紅衣、打扮成張茜華的張皓宇，拿著狼牙棒逐漸浮顯在她身後，正準備往她砍下去！

本該氣絕，坐在椅凳上的李家豪手指動了一下。

張皓宇無聲咧嘴的舉起了狼牙棒、準備給眼前的獵物最後一擊！

「不！」

李家豪大吼撲了過去，他撲上去推開劉奕臻，用身體替劉奕臻擋下了這一擊，更繼續衝撞過去抱住了張皓宇，兩人重重撞在柱子上。

劉奕臻又一聲尖叫：「啊！」

張皓宇大叫：「你怎麼回得來！剛才你的心跳明明就停了！」

李家豪拖住張皓宇，兩人在地上扭打。張皓宇很快從腰間抽出另一把短刀，狠毒刺向李家豪背部數刀，流出汩汩鮮血，李家豪終於鬆手放開了張皓宇。兩人都起身，李家豪往後退，搖搖晃晃跪倒在地，茫然仰頭看著上方早已熄滅的燈籠，一切似乎已成定局。

張皓宇再次舉起短刀，作勢要刺死李家豪。

沒想到跪著的李家豪，一手拿起身後的椅凳，順勢打掉張皓宇的刀。張皓宇一陣手麻，李家豪再次站了起來，毫不猶豫就一拳招呼過去。兩人徒手肉搏，張皓宇技巧取勝，但高大魁梧的李家豪逐漸佔了上風，連揍張皓宇數拳。

兩人搏鬥的時候，劉奕臻並未逃跑。

「不要動，放開李家豪。」站在後方的劉奕臻持槍抵住了張皓宇。

扮作張茜華的皓宇再看回李家豪：「你不是說會殺了她！你居然騙我，跟警察合演這齣戲！」接著他一個恐怖的轉身，面目可怕，張開大嘴彷彿真正的惡鬼，將劉奕臻的槍咬掉。狡猾的他再次退到黑暗之中，四周又是一片漆黑。

Ψ

劉奕臻開啟手機燈光，見地上大片的鮮血，分不清是李家豪還是張皓宇的血，她彷彿回到過去那個無助的自己。

「你受傷了！」劉奕臻完全慌了。

「劉奕臻，你快逃出去。快找門……」流著血的李家豪急忙吩咐。劉奕臻搖頭，她拾起手槍，雙手緊緊握住，用盡全力地護在胸前。恍惚中，她彷彿突然看見了當年那個小女孩——那個自己，而那個夢中反覆出現的變態男人，卻也從黑暗中出現，掩住了小女孩的嘴、想把她拖回黑暗之中！小女孩死命哭喊的掙扎！

劉奕臻大吼：「不！不可以！快逃！你放開她！」

冰冷嘲謔的聲音傳出：「放開她？妳一輩子都逃不了！妳跑不掉的！」

「你放開她！」

劉奕臻大喊，竟朝黑暗衝了過去。李家豪猜測劉奕臻可能和自己一樣看到了過去的幻影，立刻伸手拉了劉奕臻回來，緊緊將劉奕臻抱在懷裡。

劉奕臻對李家豪這舉動感到驚訝，她靜靜的聽他說：「沒事了，過去怎樣真的不重要了。」

這時張茜華的影像再次出現：「李家豪，你竟當著我的面，抱著別的女人！」顯然是張皓宇暗中拿著變聲器說話。李家豪不再虛實不分，他見劉奕臻也在他懷中逐漸平復下來，開始專心對付張皓宇。

「Allen 也死了，為何沒有出現 Allen 的怨靈？因為他的死在你的意料之外，你沒有辦法事先準備。」

李家豪拿起椅子用力砸破一旁的窗戶，山區的強風灌進來，將飄散在空中輔助製造投影的懸浮微粒吹散。

「而廟宇裡的香煙，是投影最好的媒介。」曾經投入許多心力開發 VR 的李家豪說著。

眼前紅衣的張茜華，身體逐漸化為煙霧飄散，卻非常溫柔。張茜華向李家豪伸出雙手。李家豪有那麼一剎那覺得，眼前的張茜華並非皓宇假扮？他難過、捨不得的伸出手，但另一手始終緊緊護著懷中的劉奕臻。李家豪彷彿聽到張茜華說：「謝謝你還記得我。你也要記住以前的你，好嗎？」

面對張茜華的消失，李家豪同樣感到十分痛苦。

Ψ

後面傳來雜沓的腳步聲，內殿的大門被打開。

「碰！」李組長從門口立刻朝張皓宇開槍，一發打中了他。

只是這時，負傷的張皓宇仍發狂跑向前將張茜華的幻影全部衝散，舉起短刀用力刺中李家豪腹部。儘管李家豪負傷蹣跚，同樣衝向前撲倒了張皓宇，將張皓宇重重摔到在地。這次張皓宇不再發出聲音，他的後腦杓，竟不偏不倚的嵌入遺落地上的狼牙棒，慢慢的溢出了一片血。張皓宇睜大眼睛看著上方，喉嚨咕嚕咕嚕的吞嚥著血沫。

兒時那個旋轉的風鈴、那個彎下腰逗弄著自己的美麗身影。

「媽……」

張皓宇無聲地喊著，慢慢的闔上了眼。

Ψ

後方眾人帶多只手電筒進來，猛然打亮這間宮廟的密室。

李組長與當地警察進入密室四處找著。組長焦急地喊道。「劉奕臻，劉奕臻妳在裡面嗎？劉奕臻?!」

房間逐漸變亮，劉奕臻看著張茜華與小女孩手牽手緩緩出現，小女孩微笑地跟自己揮手，消失在黑暗之中。她趕緊地擦掉眼淚，緊緊抱著一旁倒地不起的李家豪。

「我在這裡……」

DAY 0

醫院外景，鏡頭往窗內照，李家豪安穩躺在病床上。

推門聲響，劉奕臻走進來。

「算你命大，還好吧？」

李家豪點點頭，劉奕臻拿出一個微型投影機給他。

「就是這個嗎？」

「嗯，從那間宮廟找到的。」

劉奕臻按下開關，牆上投影出現了張茜華的影子。致力開發 VR 技術的李家豪，早已對皓宇投影的手法了然於心，他示意劉奕臻關掉影像。

「那麼 Ben 呢？」

「Ben 是張皓宇的男朋友，你知道嗎？」

「啊？」Daniel 想起之前，某次在公司附近看到 Ben 的車，Ben 似乎正和一名年輕男子在車上調情。

「其實 Ben 不是被他催眠的，就只是單純被他利用而已。」

「怎麼會！」

「張皓宇先開你的車撞死 Ben，再將車子藏好。之後他殺死正在幫你催眠的金醫師，嫁禍給你。你的車被藏在新苗縣的某座納骨塔，張皓宇對新苗縣特別熟悉。雖然採不到張皓宇的指紋，但是玻璃碎片上有張皓宇的 DNA。」

Daniel 這才想到張皓宇臉上的創可貼。

「Allen 呢？」

「是 Allen 洗刷你的冤屈。」

「不可能。」這話讓 Daniel 太驚訝了。

「他因為和你在公司惡性競爭，想蒐集你的一些不良行為，再投訴你，沒想到他的行車記錄器，拍下了皓宇開走你的車，再開回來殺死金醫師的畫面。」

「居然是他把行車紀錄給警方？」

「不是，是他也被張皓宇盯上了，最後不幸被滅口。張皓宇殺死金醫師那天，走出診所時，發現 Allen 的車子偷偷停在外面。」

「真沒想到。」

「是啊，之後 Allen 女兒生日派對，張皓宇立刻變裝成披薩外送人員，進入 Allen 家勒死 Allen，再趁人群離開 Allen 家。等 Allen 房間亮起後，他再從外面投射你的影像到窗邊，讓 Allen 的女兒看見你在外頭，以為你就是兇手。」

「所以那晚也是 Allen，跟蹤我到阿銘家的吧。」

「嗯，本來組長說，有人報案，表示願意當證人舉發你，那個人就是 Allen。那天由我偵訊你的時候，組長就安排 Allen 在雙面鏡後，看著你在偵訊室內辯解。但後來他似乎發現皓宇的存在，怕惹禍上身，就不願意再和警方接觸了。」

「那麼鍾田銘又是怎麼死的？」

「當時你的辦公室是密室，你離開之後，只剩下阿銘了。」奕臻停頓，拿出指紋比給 Daniel 看：「你看，張皓宇的復仇心太可怕了。這是組長在 ACC 大樓的玻璃窗外採到的指紋。」

「玻璃窗外？」

「對，張皓宇的指紋。他假扮成招牌維修人員，從頂樓搭著大樓外的洗窗機下降到你的辦公室。再用一些方法吸引鍾田銘，讓他聽到聲響後，走到窗邊看見窗外擦窗戶的張皓宇。」

「要鍾田銘幫他開窗嗎？」

「不是，恐怕是隔著玻璃催眠暗示，使阿銘突然用雙手掐住自己脖子，最後倒栽進魚缸溺死。」

「除了指紋，還有什麼證據？」

「我的組員小曾，後來在張皓宇家裡找到了那家招牌維修公司的衣服，發現張皓宇很可能根本沒有進到室內。」奕臻又說：「張皓宇其實是張茜華和阿銘亂倫之後生下來的孩子，但是他在張茜華死後，被阿銘棄養，度過悲慘的童年。他是真的恨透了，想要復仇。至於當年你為什麼車禍重傷、張茜華為什麼成為水流屍，我想這些應該都是阿銘搞的鬼。」

突然外頭傳來敲門聲，醫師推門看著兩人。

「我是身心科的鄭醫師，李先生現在感覺如何，有什麼不舒服嗎？」

「沒有。」

「奇怪，你是被催眠嗎？聽說催眠師死了？」

「是的。」

「這有點麻煩，雖然你精神狀況不錯，但是我們還是要幫你處理催眠的事。」

「如果我被解除催眠，這段時間的記憶還會在嗎？」

「當然在，但如果你是PTSD患者的話，那就另當別論了。」

李家豪看著劉奕臻說：「那有什麼辦法，可以讓我永遠不要忘記她嗎？」

「這個，恐怕不容易。」

「我了解。」Daniel回答的同時，心想：「雖然還有很多警察想知道，我也想知道的事，但是可能永遠都沒有這個機會了，不過對我而言，至少這場惡夢已經真正的結束了。」

Ψ

組長在辦公室內看著張皓宇的資料，門外有人敲門。

「進來。」

小姚走到組長身邊。

「你那邊追得怎樣，查理出境了嗎？」

「那天他把 Allen 車上的行車記錄器，代表家屬拿給我們之後，就立即搭機回美國了。」

「走得真乾淨。」組長食指怒敲桌子。

「查理這麼做，究竟有什麼好處？ACC因為這個事件，股價下跌，信用被降級，辦公室死人，公司的信譽也受損，兩名最重要的左右手，一個死，一個雖然洗刷清白，但恐怕再也無法任用。」

「這就是他的目的，不管 Allen 或李家豪，讓這兩人繼續操盤，遲早功績會超過他。到時他的位子就不保了。」組長說道。

「這不是全是張皓宇做的嗎？」

「不，我從查理在公司人事資料中，偶然看到李家豪傷重移民美國的過去，不僅整張臉都整形，連記憶也忘得一乾二淨。很可能就是他把李家豪的身分，告訴一直想報仇的張皓宇。」

「也是，不然張皓宇恐怕這輩子都找不到李家豪。」

「你知道ACC現在內部情況如何嗎？」

「執行長Allen艾德興死了，李家豪也重傷住院。查理失去兩名大將，未來ACC很可能會撤出臺灣。」

「當初組長從阿銘那知道張皓宇的身世，以及與李家豪的關係後，就知道ACC會不攻自破，這個判斷是正確的。只是整個過程中，李家豪都非常無辜。」

「無辜？多少人因為ACC的不法併購手段，家破人亡，你當這家公司的人都是善類嗎？再寫一份詳細的報告給我，ACC的不法併購另案偵辦，別讓外人知道這兩個案子有關。」小姚開門出去前，組長又叮嚀：「這件事恐怕還沒結束，你要多留意。」

「是！」

「這一陣子發生太多事了，我先把你調到更適合的單位吧。」

「謝謝組長。」小姚報告完，也關上門離開了。

組長拿出一張老舊的泛黃剪報：「新苗縣李姓富商之子，專機赴美治療後不治身亡。」，看著這則新聞不停思索。

Ψ

深夜，李家豪在床上安穩熟睡著。

凌晨四點四十四分，手機再次響起。李家豪半夢半醒之間伸出一隻手將手機鬧鈴按掉。

Ψ

夜晚的警局一如既往的吵雜喧囂。

劉奕臻不為所動的坐在辦公桌前整理結案報告，走廊傳來腳步聲，小曾領著一名新進組員阿漢走到劉奕臻面前介紹彼此。

「這是我們組內的大學姊，劉奕臻。」

「學姐好，我是何之漢，大家都叫我阿漢。」略顯稚氣的何之漢行了個舉手禮。

「學姊，這是明天報到的組員。」

「你好！」劉奕臻點點頭算是向新同事打招呼，再拍拍他的肩膀說：「別這麼客氣，都是同事，以後不會的就來問我吧。」

「謝謝學姊。」何之漢有些靦腆。

「學姊，那要安排他坐哪？」小曾問。

「先讓他坐小姚的位置吧。」劉奕臻側身指著小姚乾淨的桌面，又說：「妳帶他認識環境吧，我趕時間，必須先打一份結案報告。」

「好，學姊先忙。阿漢，我們到這邊。」小曾帶著新同事到小姚的座位，並將「姚志善」的立牌撤下。

劉奕臻看著他們沒什麼問題，深吸一口氣轉回桌前重新盯著螢幕打字。

Ψ

從首位死者鍾田銘住家屋簷下及廟中現場找到微型投影機多部，嫌疑人張皓宇疑透過嫌疑人姚志善的協助，利用多媒體投影技術讓被害人鍾田銘、關係人李家豪產生幻覺。同時張皓宇也利用第二位死者陳榮賓律師對他的感情，操弄著陳律師。張皓宇在李家豪去做VR驗收時利用機會催眠了李家豪，在李家豪手機內，設下鈴聲和時間，每日凌晨四點四十四分，讓李家豪進入了催眠狀態，但是受限於他能力，即催眠的技巧有限，不得不讓陳榮賓律師介紹第三位死者金延欣醫師給李家豪，協助喚醒李家豪二十年前那段被破壞掉的記憶，目的是讓他悔恨致死。張皓宇利用維修ACC公司招牌之機會侵入公司，並疑似使用催眠術對被害人鍾田銘進行催眠並且誘導，讓鍾田銘溺斃於李某公司魚缸。

Ψ

劉奕臻打字的同一時間裡，Daniel一個人心事重重的在夜晚的山路上開車，車輛彎過山路，眼前一片濃霧襲來，迎面而來的車輛閃著雙黃燈交會而過。

這陣霧來的真不是時候，Daniel踩下剎車停下，他獨自握著方向盤皺起眉頭回想這一切。

Ψ

陳榮賓不是傻子，他也慢慢的感覺到張皓宇有問題，但是在信任與猜疑之間，他最終選擇了前者，卻也讓金醫師跟著他一起陪葬。根據關係人李家豪的筆錄，嫌疑人張皓宇疑似鍾田銘、另案被害人張茜華（女，2000 失蹤案卷字第 F08600216 號檔案）之子，鍾田銘所涉殺人及重傷害案件以另案移送。目前嫌疑人張皓宇現於新苗醫院加護病房進行戒護醫療，視回復情況後隨即進行偵訊筆錄並檢測ＤＮＡ。關於張皓宇為什麼知道二十年前的事件始末，還有待進一步釐清。

Ψ

劉奕臻喃喃自語地看著螢幕，上方的字幕不斷跳出，奕臻依然專注熟練的打著結案報告，最終按下了「Enter」按鍵。

劉奕臻呼了一口氣後抬頭左右望去，偌大的辦公室內只剩下她一個人，她略有感應的看著，前方那一片深邃的黑……深邃之中，遠方車燈逐漸駛到眼前，這時的 Daniel 開著車，臉上浮出微笑。前方的能見度只剩不到五十公尺，Daniel 又把車速放慢了一點，前方的濃霧似乎毫無止境。車輛再度進入霧中，車子轉彎消失在大霧的山路上，幾秒之後傳來急煞聲與巨大的碰撞聲在山中迴盪。

一切又歸於平靜。

Ψ

新苗縣的一處靈骨塔內，一盆骨灰罐被貼上了一張新的「封頂咒」，門重新被闔上，李組長動手把卡榫放回這個標示「無名氏」的塔位上，才面容嚴肅的起身離開。

突然一滴水從天花板滴下，在地板上發出「答」的聲響，正在整理環境的管理員走上前，納悶地看著天花板。

「奇怪……怎麼又滴水了。」

組長的步伐漸漸遠去，似乎有著另一種深意。

Ψ

新苗醫院加護病房。

張皓宇躺在病床上，頭戴呼吸器、插管的他已經變成了植物人，突然身旁的生命維持器開始上下劇烈震動，發出了急促的「嗶嗶嗶」聲響。

張皓宇猛然的睜開了眼睛。

U·STORY
012

驚夢 49 天

國家圖書館出版品預行編目(CIP)資料
驚夢 49 天 / 韓肅肅著 .
潘志遠　林秀赫 / 原創劇本 . -- 初版 . --
臺北市 : 聯合文學 , 2020. 6
296 面 ;14.8X21 公分 . -- (UStory ;12)
ISBN 978-986-323-348-0 (平裝)

863.57　　109008575

出版日期／ 2020 年 6 月 22 日 初版
定　價／ 300 元

ISBN 978-986-323-348-0 (平裝)
本書如有缺頁、破損、裝幀錯誤，請寄回調換

作　　者／韓肅肅
原創劇本／潘志遠　林秀赫
發 行 人／張寶琴

總 編 輯／周昭翡
主　　編／蕭仁豪
資深編輯／尹蓓芳
編　　輯／林劭璜
資深美編／戴榮芝
業務部總經理／李文吉
行銷企劃／蔡昀庭
發行專員／簡聖峰
財 務 部／趙玉瑩　韋秀英
人事行政組／李懷瑩
版權管理／蕭仁豪

法律顧問／理律法律事務所　陳長文律師、蔣大中律師
出 版 者／聯合文學出版社股份有限公司
地　　址／ 110 臺北市基隆路一段 178 號 10 樓
電　　話／ (02) 2766-6759 轉 5107
傳　　真／ (02) 2756-7914
郵撥帳號／ 17623526 聯合文學出版社股份有限公司
登 記 證／行政院新聞局局版臺業字第 6109 號
網　　址／ http://unitas.udngroup.com.tw
E-mail:unitas@udngroup.com.tw
印 刷 廠／沐春行銷創意有限公司
總 經 銷／聯合發行股份有限公司
地　　址／ 234 新北市新店區寶橋路 235 巷 6 弄 6 號 2 樓
電　　話／ (02) 29178022